Martin Haug

Brahma und die Brahmanen: Vortrag in der öffentlichen Sitzung der k. Akademie der Wissenschaften am 28. März 1871 zur Feier ihres einhundert und zwölften Stiftungstages

Antigonos

Martin Haug

Brahma und die Brahmanen: Vortrag in der öffentlichen Sitzung der k. Akademie der Wissenschaften am 28. März 1871 zur Feier ihres einhundert und zwölften Stiftungstages

Unveränderter Nachdruck der Originalausgabe von 1871.

1. Auflage 2024 | ISBN: 978-3-38640-016-9

Antigonos Verlag ist ein Imprint der Outlook Verlagsgesellschaft mbH.

Verlag: Outlook Verlag GmbH, Zeilweg 44, 60439 Frankfurt, Deutschland
Vertretungsberechtigt: E. Roepke, Zeilweg 44, 60439 Frankfurt, Deutschland
Druck: Libri Plureos GmbH, Friedensallee 273, 22763 Hamburg, Deutschland

Brahma und die Brahmanen.

Vortrag

in der

öffentlichen Sitzung der k. Akademie der Wissenschaften

am 28. März 1871

zur Feier ihres einhundert und zwölften Stiftungstages

gehalten von

Dr. Martin Haug,
o. Mitglied der philosophisch-philologischen Classe.

München 1871
Im Verlage der königl. Akademie.

Die Macht und hervorragende Stellung der Brahmanen unter den Völkern Indiens, von den ältesten Zeiten fast bis auf die Gegenwart, ist eine so merkwürdige in der Culturgeschichte einzig dastehende Erscheinung, dass sie schon an sich. die Aufmerksamkeit eines jeden Gebildeten, der an der geistigen Entwicklung der Menschheit ein reges Interesse nimmt, in hohem Masse verdient. Man frägt sich vor allem, wie ist dieser schon Jahrtausende andauernde Einfluss einer privilegirten Classe über soviele Millionen Menschen entstanden, und wie konnte er sich durch so lange Zeiträume erhalten? Wie der Ursprung sovieler alten Einrichtungen, so ist auch der des Brahmanenthums im Dunkel grauer Vorzeit verloren. Keine alte Urkunde, keine Inschrift meldet, wann diese mächtige Körperschaft in's Leben trat. Die Brahmanen selbst beanspruchen göttlichen Ursprung; ihr hoher Rang und ihre bevorzugte Stellung, ihre Satzungen und Gebräuche sind so alt wie das Universum selbst. und werden nach einer jeden der periodisch eintretenden grossen Weltzerstörungen bei jeder Neuschöpfung immer auf's neue wiederhergestellt; bei ihnen herrscht das Dogma, während die Geschichte entweder keine, oder nur eine sehr untergeordnete Geltung hat. Geschichtschreibung hat in Indien nie geblüht, da die Brahmanen, die fast einzigen Träger wissenschaftlichen Lebens in' Indien, nie Sinn für exacte historische Forschung gezeigt, auch nicht ein einziges streng historisches Werk, wie die alten Chinesen, Griechen und Römer, verfasst haben. Sie haben es höchstens zu legendenhaften Chroniken gebracht, den sogenannten Purânas, in denen die Weltschöpfung und das Weltende nicht fehlen dürfen, und die ganz mit Mythologie zersetzt sind. Schon die äussere Form, die gebundene Rede. in der alles Geschichtliche, oder was wenigstens dafür galt, überliefert wurde, schloss die streng historische Bearbeitung aus. Die einzigen, wirklich historischen Urkunden sind Inschriften, die aber nicht über die Mitte des dritten vorchristlichen Jahrhunderts hinausreichen, wie die Denksäulen des Königs Aschoka, unter dessen Regierung das dritte Concil der buddhistischen Kirche Statt fand. Ja

4

die ältesten historischen Zeugnisse über Indien, und speciell die Brahmanen, verdanken wir einem Griechen, dem Megasthenes, der ungefähr um das Jahr 300 v. Chr. Gesandter des Königs Seleukus am Hofe des Sandrakottos *(Chandragupta*)* zu Pataliputra, dem jetzigen Patna, war. Die Fragmente seiner Berichte, die uns noch erhalten sind, zeigen klar, dass zu seiner Zeit die indische Cultur schon fast stabil geworden war; ja sie hatte schon einen grossen geistigen Gährungsprocess überstanden. Das alte Brahmanenthum war bereits in seinen Grundfesten erschüttert, seine Allmacht im Schwinden begriffen, und zum Theil schon gebrochen. Es war die Religion des Buddha, des grossen Denkers und Moralisten von Kapilawastu, eines Mitgliedes der Kriegerkaste *(Kshatriya)*, der ihm diesen gewaltigen Stoss versetzt hatte.

Bei diesem gänzlichen Mangel aller historischen Zeugnisse über die Entstehung des Brahmanenthums sind wir auf die ältesten Religionsurkunden der Brahmanen, die Wedas, deren lebendige Träger gerade sie selbst sind (da sie dieselben auswendig wissen sollen), angewiesen. Da ich im Verlauf dieses Vortrags öfter auf dieselben zurückzukommen habe, so mögen hier einige Bemerkungen über sie am Platze sein.

Die Wedas sind vier an Zahl, nämlich Rik, Jadschus, Sâma und Atharwa, wovon indess nur die drei ersten seit den ältesten Zeiten kanonische Geltung hatten, während der vierte erst später zu demselben Range erhoben wurde. Jeder Weda besteht aus zwei Haupttheilen, nämlich aus einer Sammlung *(Samhitâ)* von in verschiedenen Metren abgefassten und von verschiedenen Verfassern herrührenden Liedern *(Rigveda - samhitâ)*, oder von Opfersprüchen und Opferformeln, manchmal mit Erläuterung ihres allegorischen oder mystischen Sinnes *(Yajurveda - samhitâ* in verschiedenen Redactionen), oder von Liederstrophen, die zum Singen eingerichtet sind *(Sâmaveda - samhitâ)*, oder aus Liedern, Zauberformeln, Segen u. s. w. nebst Prosastücken *(Atharvaveda - samhitâ.)* An jede dieser vier Sammlungen schliessen sich ein, oder sogar mehrere Bücher an, die *Brâhmanas* [1] heissen, d. h. Aussprüche der Brahmâpriester, über welche ich bald weiter zu reden haben werde. Diese enthalten Speculationen über die Bedeutung

---

*) Die Aussprache indischer Worte und Namen anlangend bemerke ich, dass wenn sie cursiv gedruckt sind, die Consonanten dieselbe Geltung haben, wie im Englischen, also c h wie t s c h zu sprechen ist; ist diess nicht der Fall, so sind sie so wie deutsche Worte zu lesen.

der beim Opfer angewandten Liederverse und Formeln, sowie über den Ursprung, die Vollziehung und Bedeutung der Opfergebräuche, und dürfen als die ersten, oft freilich sehr kindischen und phantastischen Versuche der Begründung brahmanischer Theologie und Philosophie angesehen werden. Jedes dieser *Bráhmaṇas* enthält einen Theil, gewöhnlich das *Araṇyakam* genannt, d. h., was im Freien, nicht im eigenen Hause, studirt werden soll. In diesem findet sich in der Regel eine so-genannte *Upanishad* [2]), d. h. ein theologisch-philosophischer Tractat über die letzten Gründe alles Seins, über die Seele und das *Brahma*; sie enthalten das Tiefsinnigste und Geistvollste, was brahmanische Speculation hervorgebracht, und haben allen den spätern Systemen der Philosophie zur Grundlage gedient. Sie waren ursprünglich Geheimlehren und durften vom Lehrer nur wenigen auserwählten Schülern mit-getheilt werden.

An diese für inspirirt gehaltenen Werke, die direkt aus dem Munde Brahma's kommen, und folglich keinem menschlichen Verfasser zugeschrieben werden, schliesst sich eine zahlreiche liturgische und exegetische Literatur, die die Hilfswissenschaften des Weda behandelt, wie Grammatik, Metrik, Chronologie, Exegese, Ritual u. s. w. Sie gehören im weitern Sinne ebenfalls zum Weda, haben aber menschliche Verfasser.

In allen diesen Schriften nun, in den ältesten wie in den spätesten, die einen Zeitraum von wenigstens 1000 — 1200 Jahren umspannen, finden sich die Wörter *Bráhma*, *Brahmá* und *Bráhmaṇa*, wohl die wichtigsten und vielsagendsten in dem so ausserordentlich reichen Wortschatze des Sanskrit. Da eine Erörterung derselben zur richtigen Erkenntniss des Wesens und der Stellung des Brahmanen-thums durchaus nothwendig ist, so möge mir verstattet sein, hier einige Bemerk-ungen über dieselben zu machen. Die Bedeutung namentlich von *Bráhma* ist nicht überall die gleiche; sie weicht in den ältesten Stücken, den Liedern des Rig-weda, von der später gebräuchlichen ab.

Seiner Bedeutung [3]) nach ist es ein Abstractum, seinem grammatischen Ge-schlecht nach ein Neutrum, und lautet eigentlich *Bráhman*, von der Wurzel *bṛih* „wachsen", mittelst des Suffixes *man* abgeleitet, (vgl. *carmen*, *semen*), und heisst

1) „Gewächs, Spross". In diesem Sinne findet es sich nicht mehr im Sanskrit; dagegen existirt es noch in der nur dialektisch davon verschiedenen Zendsprache,

6

wo es nach den phonetischen Gesetzen *Baresman* lautet, das ebenso flectirt wird wie *Bráhman*. Unter *Baresman* (jetzt *Barsom* · genannt), verstehen die Priester der zoroastrischen Religion gewisse Zweige, die unter Hersagung bestimmter Formeln von einem Baume abgeschnitten, dann in ein Bündel zusammgebunden, und beim feierlichen Gottesdienst, der sogenannten Izeschneceremonie, eines Ueberrestes des altindischen Somaopfers, gebraucht werden. Das Eigenthümliche in der Verwendung dieses Bündels von Zweigen besteht darin, dass es in die Nähe aller Opfergegenstände, wie Wasser, Homa, Milch, Butter u. s. w. gebracht werden muss, wie um alle einzelnen Theile des Opfers durch ein gemeinsames Band zu vereinigen. Wenn auch diese Bedeutung durch keine Stelle der wedischen Lieder belegbar ist, so finden sich doch noch Spuren ihrer einstigen Existenz im Sanskrit. In einem in Europa bis jetzt unbekannten wedischen Buche, der *Máitráyaṇî-Saṁhitá* [4]) des Jadschurweda, wovon ich ein vollständiges Exemplar besitze, wird *Brahma* mit dem Zweige eines Paláschabaumes identificirt (4, 1, 1.). Auch kennt das alte Verzeichniss wedischer Wörter (die *Nighaṇṭavas*) die Bedeutung „Speise", welche sich leicht aus der von „Gewächs" herleiten lässt. Ausserdem findet sich auch im brahmanischen Cultus etwas dem persischen *Baresman* ganz Analoges. Beim Somaopfer wird nämlich ein kleiner, beschnittener und ebenfalls zusammengebundener Büschel von Kuschagras gebraucht, der *Veda* heisst, was ein Synonym von *Brahma* ist. Er muss, solange das Opfer dauert, immer von einer Hand in die andere wandern, um die Allgegenwart des *Brahma* zu versinnbildlichen. Es unterliegt demnach kaum einem Zweifel, dass dem Worte *Brahman* wirklich ursprünglich die Bedeutung „Spross, Gewächs" zugekommen ist. An diese schliesst sich ganz natürlich

2) die von „Wachsthum, Gedeihen" an. In dieser scheint es sich wirklich hie und da zu finden (vgl. Rv. 7, 103, 8). Aus dieser entwickelt sich die von

3) „Mittel zum Gedeihen und Wachsthum", was Gedeihen und Wachsthum bewirkt, nämlich „Opfergaben, heilige Lieder, Gesänge und Sprüche." In diesen Bedeutungen kommt es in den alten Liedern des Rigweda häufig vor. Es kann dort je nach dem Zusammenhang der Stellen bald mit „Opfergabe" (vgl. die von Speise), „Lied" oder „Gebet", bald aber auch sehr häufig mit „Gesang" übersetzt werden, aber auch das Zusammenwirken aller dieser drei wesentlichen Elemente des brahmanischen Opfercultus bezeichnen. Da Opfersprüche, Liederverse und Gesänge den Hauptinhalt der Wedas bilden, so ´kann es auch geradezu *Veda*, d. i. die heilige Wissenschaft bedeuten. Nach altindischer Anschauung ist nun das *Brahma*

zum Gelingen des Opfers ganz wesentlich; es wird nämlich angenommen, dass es während der ganzen Opferhandlung gegenwärtig ist. Das Opfer gilt aber bei den Brahmanen als ein Mittel alle Wünsche zu befriedigen, mögen diese auf Erlangung von Nahrung und Reichthum, oder Nachkommenschaft, oder Ruhm und Ehre, oder auf die des Himmels nach dem Tode gerichtet sein. Da das Opfer ohne die Gegenwart des *Brahma*, d. i. ohne die lebendigen Träger desselben, die Brahmanen, und ohne sein Symbol, den obenerwähnten Büschel von Kuschagras, ganz wirkungslos ist, und sonach alles Gedeihen und Gelingen von dem *Brahma* allein abhängt, so nimmt es

4) die Bedeutung von „Triebkraft der ganzen Natur", und schliesslich die von „höchstes Wesen", „das schlechthin Absolute" an. Es wird oft genug in den theologischen Speculationen über die Wedas, den Brâhmanas und Upanischads, mit Pradschâpati, dem Herrn der Wesen, dem Weltschöpfer, und dem Atman, der Seele, u. s. w. in Verbindung gebracht. Auf welchen Schlüssen die Annahme, dass das *Brahma* die Schöpferkraft der Natur sei, beruht, zeigt eine Stelle des berühmten philosophischen Gedichtes Bhagawad-Gîtâ, auf das deutlichste. Hier heisst es (3, 14, 15). „Die Wesen entstehen aus dem Regen, der Regen kommt vom Opfer; das Opfer kommt von der Handlung, (d. h. den zur Vollziehung des Opfers, das als ein Wesen gedacht wird, erforderlichen Ceremonien), die Handlung (die Ceremonie) kommt aus dem Brahma, und das Brahma aus dem Einfachen, Untheilbaren *(akshara)*; desswegen ist das ewige, allesdurchdringende Brahma stets beim Opfer gegenwärtig." Nach dieser Stelle hat selbst das Brahma, wenn es den Urgrund des aus dem Opfer fliessenden Wachsthums und Gedeihens in der Natur bezeichnet, wieder einen Ursprung, und zwar in dem Einfachen, schlechthin Absoluten. Dieses wird in ältern wedischen Schriften, wie schon in der Samhitâ des Atharwaweda, durch die Prädicate „das höchste, erste" *(para, jyeshtha)* von dem gewöhnlichen *Brahma* unterschieden. Später wurde ein solches Prädicat für überflüssig erkannt, und mit dem Worte *Brahma* allein das schlechthin Absolute, das Ewige und Bleibende in der Welt bezeichnet. Dieses Begriffs hat sich dann die Speculation bemächtigt. Die jetzt noch massgebende Definition für den orthodoxen Hindu ist die von Schankara Atschârja, dem Wiederhersteller brahmanischer Macht und Einflusses (er lebte im 8. oder 9. Jahrhundert unserer Zeitrechnung) in seinem berühmten Commentar zu den Brahma-Sûtras [5]: „Das Brahma ist seiner Natur nach ewig, rein, mit Intelligenz begabt, emancipirt (von der Materie), allwissend, mit Allmacht begabt."

8

Aus diesem Neutrum *Bráhman* nun bildet sich durch Verlängerung des *a* der letzten Sylbe zu *â* und Wechsel des Accentes die Form *Brahmá'n*, Nom. sing. *Brahmá*; (im Griechischen entspricht die Ableitungssylbe μών, z. B. ἡγεμών). Von der oben angegebenen Grundbedeutung des *Bráhman* „Spross, Gewächs, Wachsthum" ausgehend, bezeichnet das Concretum *Brahmá'n* „einen, der wächst", oder „der das Wachsthum in sich trägt." In dieser ursprünglichen Bedeutung findet es sich nirgends in den Liedern des Rigweda. Hier bezeichnet es schon eine mehr oder minder bestimmte Persönlichkeit. Es lassen sich folgende drei Hauptbedeutungen in den wedischen Schriften nachweisen: 1) Brahmane überhaupt, 2) Benennung eines besondern beim Opfer aufgestellten Priesters, und, 3) der Gott Brahmâ, der Weltschöpfer. Wenn es „Brahmane" im Allgemeinen bedeutet, so bezeichnet es in den alten Liedern einen Mann, der die Kraft des *Brahma* besitzt, in dem sie zur vollsten Erscheinung kommt, und der das Wachsthum und Gedeihen des Irdischen wie des Geistigen in seiner Gewalt hat. Man hat es in diesem Sinne mit „Beter" und „Priester" übersetzt. Da diese Bedeutungen bereits in populär-wissenschaftliche Werke übergegangen sind, so will ich sie hier kurz beleuchten. Eine nähere Untersuchung aller Stellen des Rigweda, in denen das Wort *Brahmán* sich findet, hat mir nämlich gezeigt, dass es weder „Beter" noch „Priester" im strengen Sinne des Wortes bedeuten kann. Die *Brahmánas* (Plur. von *Brahmán*) sind dort keine „Beter"; für den Gebetspriester, d. h. denjenigen, welcher die Verse des Rigweda, die beim Opfer unentbehrlich sind, zu sprechen hat, findet sich schon in altenLiedern der Name *Hotar*, d. i. Rufer. Ja die *Brahmánas* sind sogar manchmal (wie Rv. 1, 10, 1) von den „Sängern" und „Recitirern" beim Opfer unterschieden und bezeichnen diejenigen, welche den Saft der Somapflanze *(Sarcostemma viminale)* auspressen, und ihn den Göttern opfern und selbst trinken. Ja gerade die Bereitung des Somatrankes scheint schon sehr früh das eigentliche Metier der *Brahmánas* gewesen zu sein (vgl. Rv. 5, 40, 8. 8, 31, 1. 32, 16. 9, 112, 1.); desswegen ist auch Soma gerade der Gott der Brahmanen, und sie allein haben das Vorrecht, ihn in Gestalt des Pflanzensaftes zu trinken. Sie sind zwar Priester, bilden aber unter denselben eine besondere Klasse, da in der wedischen Zeit auch Kschatrijas, d. i. Männer der Kriegerkaste, bei der Vollziehung von Opfern thätig sein konnten, wie das Beispiel des Königs Wischwâmitra zeigt, auf den ich später ausführlicher zurückkommen werde. Gerade das Beispiel dieses Königs, sowie noch mancher anderer (des *Várshágiras, Rijrás'va)* zeigt auch, dass selbst das Dichten von Liederversen *(rik).* die beim Opfer angewandt wurden, kein Vorrecht des *Brahmán* war, sondern dass die Mitglieder der Kriegerkaste, die Könige und der

Adel ebenfalls Rischi's, d. h. Dichter von solchen Versen sein konnten. Ja im *Aitareya-Brâhmaṇa* (2, 19) wird eines Rischi *(Kavasha Ailûsha)* gedacht, der als „Sohn einer Sclavin" *(dâsîputra)* und „Nichtbrahmane *(abrâhmaṇa)* bezeichnet wird, und sonach der niedersten Kaste, oder den Schudras angehört zu haben scheint. Dieser wollte mit andern Rischi's an der Vollziehung eines Opfers theilnehmen, wurde aber, nachdem er anfänglich zugelassen worden war, von ihnen wegen seiner niedern Geburt vom Opferplatze vertrieben; aber da die Gottheit *(Sarasvatî)* sich ihm geneigt zeigte und ihm ein wirksames Lied offenbarte, so wurde er wieder zurückgerufen, und als der „vortrefflichste" bewillkommt und sein Lied später dem Rigweda einverleibt.

Trotz alledem, dass die Brahmanen in der wedischen Zeit auch ausgezeichneten Männern anderer Klassen gelegentlich die von ihnen beanspruchten Privilegien zugestanden, so scheinen sie doch schon in der ältesten Zeit eine den übrigen Ständen gegenüberstehende, bereits ziemlich abgeschlossene Kaste gebildet zu haben, in die ein nicht darin Geborner nur sehr schwer Aufnahme finden konnte. Dass die *Brahmâṇas* den *Kshatriyas*, d. h. dem König und Adel gegenüber schon zur Zeit der Abfassung der ältern Lieder des Weda bereits als eigene Kaste betrachtet wurden, geht unwiderleglich aus mehreren Stellen derselben hervor (wie Rv. 4, 50, 8. 9): Vor dem Könige beugen sich die Völker, dem ein Brahmân voranschreitet; dem König helfen die Götter, der dem Hülfe suchenden Brahmân Schätze spendet (vgl. auch Rv. 1, 108, 7). Hier bezeichnet es nicht etwa schlechthin einen Priester, sondern einen solchen, der im Besitze des Brahma, d. i. der Wachsthum und Gedeihen gebenden geheimen Macht ist, und der eine höhere Macht besitzt als der König selbst. Diese Macht äussert sich als grösseres Wissen und Können; nichts ist seiner Weisheit verborgen, nichts seiner Macht unerreichbar. Er heisst „der Rede höchster Himmel." (Rv. 1, 164, 35.)

Die zweite, mehr spezielle Bedeutung des Wortes *Brahmân* ist die des sogenannten Brahmâpriesters beim Opfer. Dieser ist bei jedem feierlichen Opfer, selbst den kleinen Neumonds- und Vollmondsopfern unentbehrlich; denn bei allen solchen Opfern, selbst den kleinsten, sind wenigstens drei Hauptpriester erforderlich, nämlich ein Hotar, d. i. Rufer, dessen Obliegenheit es ist, theils ganze Lieder des Rigweda, *(sûkta)*, theils einzelne Verse desselben *(ṛik)*, theils ganze Litaneien *(shastras* genannt) zu recitiren; ferner ein Adhwarju, d. i. Opferkoch, der alle Handarbeit beim Opfer, wie die Schürung des Feuers, das Kochen der Opferspeisen,

10

die Bereitung des Soma, das Werfen der Opfergaben, wie Reiskuchen, Butter, Fleisch, Somasaft u. s. w. in das Feuer zu besorgen, und die Opfersprüche *(yajus,* ihre Sammlung ist der Jadschurweda) herzusagen hat. Zu diesen beiden kommt noch ein Brahmân, dessen einziges Geschäft darin besteht, über den regelrechten Gang der Ceremonien zu wachen, jeden bei der Recitation oder der Handlung selbst begangenen Irrthum zu bemerken, und die verderblichen Wirkungen desselben durch ein Sühnopfer wegzuschaffen (S. *Aitareya Brahm.* 5, 33. 34; S. 374 ff. meiner Uebersetzung). Er steht zu den übrigen Priestern nicht etwa im Verhältniss eines Präsidenten, der alle Anordnungen zu treffen hat, sondern er wird als Arzt betrachtet, und auch so genannt, da er die durch die Fehler der anderen Priester angerichteten Schäden des Opfers zu heilen hat Er gibt die Befehle zum Vollzug der einzelnen Ceremonien nur ausnahmsweise, wie er z. B. beim Somaopfer die Sänger der Sâmastrophen auffordert, den Gesang anzustimmen, während der Adhwarju dem Gebetspriester, dem Hotar, den Befehl zur Recitation der Rikverse gibt. Der Brahmân hat sich beim Opfer viel weniger Anstrengung zu unterziehen, als die andern dienstthuenden Priester, wie der Hotar und Adhwarju, deren Geschäft wirklich sehr anstrengend ist. Dessswegen heisst es schon in einem Liede des Rigweda (8, 92, 30.) „Sei nicht so faul wie ein Brahmâpriester." Dessenungeachtet erhält er dieselbe Belohnung wie die übrigen Hauptpriester, die sich müde recitirt, gesungen und gearbeitet haben. Diess gab auch zu Erwägungen Anlass, warum er für sein Bischen Arbeit ebensogut wie die andern belohnt werde. Er verrichte, heisst es, seine Arbeit „mit dem Geiste." Indess ist der Grund ein anderer; der Brahmâpriester soll nämlich die drei zur Vollziehung eines Opfers erforderlichen Wedas, den Rik, Sâma und Jadschus kennen, d. h. nach indischer Sitte, auswendig wissen. Ausser dieser nur schwer zu erwerbenden Kenntniss aller heiligen Texte, die mindestens so umfangreich sind, als der ganze Homer und die noch erhaltenen Stücke der drei grossen griechischen Tragiker zusammengenommen, muss er ein vollkommenes Verständniss des so ungemein complicirten Opferrituals haben, und selbst den Sinn, Bedeutung und Ursprung der verschiedenen Ceremonien kennen, sowie im Stande sein, bestrittene Punkte des Rituals endgültig zu entscheiden. Hieraus folgt klar, dass er eine höhere Stelle einnimmt als die andern; er ist, um mich eines modernen Ausdrucks zu bedienen, wissenschaftlich gebildet, ein eigentlicher Doctor der brahmanischen Theologie, während die andern nur Praktiker, oder besser, blosse Handwerker sind, denen nichts am tiefern Verständniss der Opferkunst liegt. Schon in einem Liede des Rigweda (1, 71, 11.) wird als die Wissenschaft des *Brahmán* die Wissenschaft von dem, was geworden ist, *(jâtavidyâ)* d. h. von dem, was existirt, bezeichnet. Ein alter Wedencommentator, Jâska [6]), nennt den Brahmân „einen, der alle Wissenschaft hat, der mächtiger ist, als die alte Ueberlieferung" *(Rik, Sâman* und *Yajus); denn er fasst sie zu einer Einheit zusammen, durchdringt und beherrscht sie. Die Aussprüche berühmter Brahmâpriester wurden auch frühzeitig gesammelt. Sie bilden den wesentlichen Inhalt der B r â h m a n a und U p a n i s c h a d genannten wedischen Schriften, wovon ich bereits gesprochen habe. Da der Brahmân als Inhaber des höchsten Wissens und unbeschränkter Macht über alles, was existirt, in der Wesenkette die höchste Stelle einnimmt, so ist es nicht zu verwundern, dass das Wort auch als Name von Göttern, wie namentlich des B r i h a s p a t i , der unter den Göttern dieselbe Stellung hat, wie der Brahmane unter den Menschen , nämlich die eines Lehrers, in ältern wedischen Schriften gebraucht wird. Ja bereits in spätern Büchern der wedischen Epoche und namentlich während der epischen Zeit wurde der *Brahmân* zu dem Range einer besondern Gottheit und zwar zum Weltschöpfer erhoben, einen Rang den er im indischen Pantheon bis heute behauptet, da er mit W i s c h n u und S c h i w a zusammen die indische Götterdreiheit *(Trimûrti)* bildet.

Von diesem Worte *Brahmân* nun ist *Brâhmana* [7]), die gewöhnliche Bezeichnung eines Mitgliedes der Brahmanenkaste, abgeleitet; es bedeutet eigentlich „was einem *Brahmân* angehört", und ist dann ein Patronymikum oder Gentilicium geworden, und heisst „der Sohn, oder Nachkomme eines Brahmân." Dieses so ungemein gewöhnliche Sanskritwort findet sich in den ältesten Ueberresten der wedischen Literatur, den Liedern des Rigweda, verhältnissmässig selten. Sein Vorkommen ist indess weder auf eine besondere Kategorie von Liedern, noch auf eine besondere Epoche beschränkt. Wir müssen in den Liedern zwei Bedeutungen unterscheiden, eine adjectivische und substantivische. Im adjectivischen Sinne heisst es „brahmanisch" oder „was von den Brahmanen kommt;" so die „brahmanischen Väter" (Rv. 6, 75, 10.) aber auch, „was dem Brahmâpriester zugehört", wie das Trinkgefäss [8]). (1, 15, 5. 2, 36, 5.) Als Substantiv bezeichnet es ohne Zweifel die Brahmanen im spätern Sinne als eine abgeschlossene Kaste. Die merkwürdigsten Stellen, vielleicht die ältesten, in denen es sich in diesem Sinne findet, sind in einem Liede des siebenten Buches (7, 103) enthalten, das den Fröschen als den Regenboten gewidmet ist [9]). Ich will die betreffenden Strophen dieses interessanten, aber etwas schwer verständlichen Liedes hiehier setzen.

1) Die Frösche, die das Jahr hindurch ruhig dalagen, liessen ihre durch den Regen geweckte Stimme wieder erschallen, (wie) Brahmanen, die ihrem Gelübde

getreu sind. (Diess bezieht sich darauf, dass die Brahmanen, wenn sie sich für eine Ceremonie vorbereiten, schweigen müssen. Ist die Zeit um, so erschallen die Gebete aufs neue).

7) Wie die rings umher erklingende Stimme der Brahmanen beim nächtlichen Somafeste *(atirátra)* anzeigt, dass die Kufe mit Soma gefüllt ist wie ein Teich, so sind wir an dem Tage, wo ihr herumhüpfet, o Frösche! mit Regen gesegnet.

8) Sie (die Frösche) liessen ihre Stimme erschallen, (wie) Brahmanen beim Somaopfer, wenn sie das Wachsthum machen für das ganze Jahr. Sie die (Frösche) erscheinen (überall); keiner bleibt verborgen (wie) die (durch Anstrengung) erhitzten und von Schweiss triefenden Somamundschenken (die beim nächtlichen Somafest aufzuwarten haben).

Man hat in diesem gewiss alten Liede eine Satire auf die Brahmanen finden wollen, weil sie mit Fröschen verglichen sind. Indess ist diess nur scheinbar. Der Verfasser, angeblich der berühmte Brahmane Wasischtha, von dem ich bald weiter reden werde, stellt in diesem Liede die Frösche und die Brahmanen nur desswegen zusammen, weil beide Beziehung zum Regen haben; die Frösche zeigen durch ihr Quacken an, dass Regen gefallen ist; während die Brahmanen durch Auspressung und Darbringung des Somasaftes den Donnergott Indra so stärken und kräftigen, dass er die Dämonen in der Luft schlagen, die Wolkenburg spalten und der lechzenden Erde den fruchtbringenden Regen senden kann. Das Lied wird in Verbindung mit dem vorhergehenden, an den Regengott *(Parjanya)* gerichteten, jetzt noch zur Zeit grosser Düre gebraucht, wenn der heissersehnte Regen nicht kommen will. Zwanzig bis dreissig Brahmanen gehen an einen Fluss, und recitiren diese beiden Hymnen, um den Regen herabzulocken.

In einem andern alten Liede (1, 164, 45.) wird der Brahmanen also gedacht: „Die Sprache hat vier Grade; die weisen Brahmanen wissen sie; die drei verborgenen offenbaren sie nicht; die vierte sprechen die Menschen." Hier bezeichnet *Bráhmaṇas* offenbar Männer, die in die Geheimnisse der Natur eingeweiht sind, welche sie andern Menschen, also Nichtbrahmanen, nicht mittheilen.

Die wichtigste Stelle in dem Rigweda über die Brahmanen, und namentlich ihren Ursprung ist in einem Liede des zehnten Buches (90.) enthalten. Das Lied selbst heisst *Purusha-sûkta*, d. h. das Lied vom Menschen, und gilt für eines der allerwichtigsten im ganzen Weda (es findet sich auch im Jadschur- und Atharwaweda), und wird jetzt noch von jedem orthodoxen Brahmanen jeden Morgen, nachdem er sein Bad genommen, hergesagt. Die Weltschöpfung ist darin als Opferung eines P u r u s c h a oder menschlichen Wesens mit tausend Köpfen, tausend Augen und tausend Füssen dargestellt. Die Götter opferten ihn. Aus diesem Opfer entstanden die verschiedenen Thiere, die Verse des Rigweda, die Gesänge u. s. w. Nun heisst es weiter (Vers 11 und 12). „Als die Götter diesen Urmenschen zertheilten, in wieviele Theile zerlegten sie ihn? Was wurde sein Mund, was seine Arme? Was sollen seine Schenkel und Füsse geworden sein? Sein Mund ward der Brahmane, seine Arme der Kschatrija, seine Schenkel der Waischja; aus seinen Füssen wurde der Schûdra gehoren.“

Diese Stelle wird von den Brahmanen als die *magna charta* ihrer bevorzugten und dominirenden Stellung angesehen. Sie wurde später dahin gedeutet, dass dieses Urwesen Brahma sei, und dass die Brahmanen aus seinem Munde, die übrigen Kasten aus den übrigen Körpertheilen hervorgegangen seien. Sie beweist jedenfalls, dass das Kastenwesen in Indien sehr alt ist, und sich bereits in der wedischen Zeit findet. Man hat dieser Zeit das Kastenwesen absprechen wollen, weil mit Ausnahme dieser Hymne nirgends in den alten Liedern eine deutliche Erinnerung daran sich finde. Die Hymne selbst hat man ganz an das Ende der wedischen Periode verlegt. In ihrer gegenwärtigen Fassung ist sie wohl nicht älter als die Mehrzahl der Hymnen des zehnten Buches und die des Atharwaweda. Aber die darin enthaltenen Ideen sind sicherlich uralt; namentlich der descriptive Theil derselben sieht wie eine versificirte Opferformel aus. Und in der That steht das Lied im Jadschurweda auch unter Formeln, die sich auf das Menschenopfer beziehen, das in früheren Zeiten in Indien üblich war.

Wenn man indess auch zugibt, dass diese Hymne mit ihren Gedanken erst ein sehr junges Produkt der wedischen Zeit sei, so ist damit immer noch kein zureichender Beweis geliefert, dass die Kasten in der frühesten Zeit der Einwanderung der Arier in Indien überhaupt noch nicht existirten. Wie wir oben gesehen haben (S. 9), kömmt schon der *Brahmân* im Gegensatz zum *Râjan*, d. h. einem Mitgliede der Kriegerkaste (sie heissen statt *Kshatriya* öfter *Râjanya*) vor, was deutlich auf Kastenunterschied hinweist. Zudem ist es schwer denkbar, dass das Kastensystem, dessen in allen Theilen aller vier Wedas [10]) bald häufiger, bald seltener gedacht wird, sich plötzlich in der spätern wedischen Periode gebildet habe. Der Grund, dass die Namen der Kasten in denjenigen Hymnen des Rigweda, die mit Recht oder Unrecht als die ältesten gelten, (denn eine eingehende Untersuchung mit sichern Resultaten fehlt bis jetzt ganz) nicht erwähnt werden, kann auch ein anderer sein. Man darf nämlich nicht übersehen, dass die weitaus überwiegende Zahl wedischer Hymnen für Opferzwecke und zum Theil für ganz bestimmte Ceremonien gedichtet, oft nur die poetischen Variationen uralter Opferformeln [11]) sind, und dass sie ferner in ihrer Mehrzahl von brahmanischen Verfassern herrühren. Da das Ceremoniel in den Liedern nicht vorgeschrieben ist, sondern sich hier fast alles um die Anrufung der verschiedensten Götter dreht, so war auch keine Gelegenheit geboten, der Kasten besonders zu gedenken. Die Opferer, d. h. diejenigen, welche die Opfer bringen lassen, (die sogenannten *Yajamânâs)* heissen „Geber" im Allgemeinen, auch „die Reichen" *(maghavan)*, ohne dass die Kaste genannt wäre. Nach den Brâhmanas, welche sich den alten Sammlungen von Liedern und Sprüchen anschliessen, wie wir gesehen haben, sind die drei obern Kasten Brâhmanas, Kschatrijas und Waischjas (Ackerbauer), in welche die altarischen Einwanderer zerfielen, allein berechtigt, ein Opfer bringen zu lassen; aber das Vollziehen derselben ist bereits das ausschliessliche Privilegium der Brahmanen. Für alle Opfernden, welcher dieser drei Kasten sie auch angehörten, wurden im Ganzen dieselben heiligen Verse und Opferformeln angewandt mit einigen unwesentlichen Unterschieden, wie z. B. in der Wahl der Metra. Auch gab es für die Könige besondere Opfer, wie z. B. das **Aschwamedha** d. i. Pferdeopfer, das Königs-Weiheopfer *(râjasûya)*. Nur die Schudras waren vom Antheil an allen Opfern ausgeschlossen. Da es nun keine besonders für Brahmanen, oder für Kschatrijas, oder Waischjas gedichteten Lieder und Opfersprüche gab, wie es wirklich deren für die Ceremonien der Schudras gibt (denn diese dürfen nicht einmal Wedaverse hören), so war für die wedischen Poeten gar keine Gelegenheit vorhanden, in ihren Hymnen der Kasten zu gedenken. Das Nichtvorkommen der einzelnen Namen derselben beweist desswegen noch gar nicht ihre Nichtexistenz. Der Schluss war jedenfalls voreilig. Es lässt sich ausser den gegebenen noch ein weiterer positiver Grund anführen, dass die Kasten schon in der ältesten Zeit wirklich vorhanden waren. In den Religionsurkunden der so nahe verwandten Iranier, dem Zendawesta, finden sich ganz deutlich die vier Kasten, nur unter andern Namen, nämlich: 1) *Athrava* „Priester" (Skr. *Atharvan*), 2) *Rathaêstâo* „Krieger", 3) *Vâstryô fshûyâs* „Ackerbauer", 4) *Hûitis* (Pehl. *hutokhsh*) „Handwerker" (*Yasna* 19, 17. Westerg.). Nähere Angaben über das gegenseitige Verhältniss dieser Kasten zu einander enthalten die Zendschriften zwar nicht; aber wir können aus mehreren Umständen schliessen, dass die Priester, die *Athravas*, bereits eine Art Kaste bildeten. So wird z. B. dem Zarathustra (Zoroaster) von Ahuramazda (Ormuzd) verboten, einen heiligen Spruch jemand anders als einem *Athrava*, d. i. Priester, mitzutheilen *(Yashts* 14, 46. Westerg.) Niemand als der Sohn eines Priesters darf Priester werden, und die Töchter von Mitgliedern der Priesterkaste dürfen nur innerhalb der Kaste verheirathet werden, ein Gebrauch, der heute noch besteht. Der Unterschied der übrigen Kasten hat sich indess bei den Zoroastriern ebenso verwischt, wie auch bei den Hindus sich nur die Brahmanenkaste im Ganzen rein, aber doch in unzählige Abtheilungen gespalten, erhalten hat, während die übrigen drei Kasten sich in eine grosse Zahl von Mischkasten aufgelöst haben, so dass heutzutage vier Kasten eigentlich nur in der Theorie, aber nicht in der Wirklichkeit existiren. Dieser Umstand nun, dass sich bei den Zoroastriern noch ein Rest des Kastenwesens erhalten hat, spricht sehr für die Annahme, dass dasselbe schon bei den Indern in der ältesten Zeit, jedenfalls seit ihrer Einwanderung in Indien bestand. Wie eng der Zusammenhang zwischen den alten Indern und Iraniern noch in der wedischen Zeit gewesen sein muss, zeigt eine von mir kürzlich entdeckte deutliche Anspielung auf den Anfangsvers des Atharwaweda, die sich im Zendawesta findet [12]).

Wir dürfen es nach dieser Untersuchung als eine kaum zu bezweifelnde Thatsache aussprechen, dass die Brahmanen bereits in der ältesten wedischen Zeit eine besondere Kaste bildeten, dass die Aufnahme in dieselbe zwar nicht unmöglich, aber doch mit den grössten Schwierigkeiten verbunden war. Diese Schwierigkeiten sind am anschaulichsten in der Sage von König Wischwâmitra abgespiegelt. Da dieser König durch den bekannten Spottvers von Heinrich Heine eine gewisse Celebrität in Deutschland erlangt hat, so will ich die so interessante Sage über seinen Kampf um die Erlangung der Brahmanenwürde hier einflechten. Sie findet sich in verschiedenen Schriften des indischen Alterthums, namentlich aber in den beiden grossen epischen Gedichten, dem *Mahâbhârata* und *Râmâyaṇa;* am ausführlichsten und anziehendsten aber in dem letztern (I, 51 — 65). Nach diesem war Wischwâmitra ein grosser König und kam auf seinem Zuge durch die Erde, begleitet von seiner ganzen Armee, zu der Einsiedelei des Brahmanen Wasischtha, der ihn mit seinem Heere gastlich aufnahm. Eine wunderthätige Kuh im Besitze von Wasischtha lieferte die köstlichsten Speisen und Getränke für den König und die ganze Armee. Der König erbat sie sich von Wasischtha für 100,000 gewöhnliche Kühe; aber der Brahmane schlug ihm seine Bitte ab. Nun steigerte der König sein Angebot. Als aber alles vergeblich war, gab er Befehl, die Kuh mit Gewalt wegzuführen, aber es gelang ihm nicht; denn die Kuh kehrte stets zu ihrem Herrn zurück. Sie forderte nun den Wasischtha auf, ihr zu erlauben, mit Wischwâmitra und seiner Armee in offenen Kampf zu treten. Nach einiger Zögerung ertheilte ihr Herr die Erlaubniss zum Kampfe. Die Kuh rief sodann durch ihr Brüllen ganze Heere von Kriegern hervor. Nach längerem Kampfe wurde Wischwâmitra mit seiner ganzen Armee vollständig besiegt, und verlor noch obendrein hundert von seinen Söhnen. Nach seiner Niederlage begab er sich auf den Himâlaya, unterzog sich schweren Kasteiungen, als deren Lohn ihm Mahâdewa (Schiwa) „die Wissenschaft der Waffen" in allen ihren Theilen offenbarte, und ihn sogar mit himmlischen Waffen versah. Er kehrte zurück, griff sofort die Einsiedelei des Wasischtha an, verbrannte sie und jagte alle ihre Einwohner in die Flucht. Jetzt kam es zum Zweikampf zwischen Wischwâmitra und Wasischtha. Der Brahmane bedroht nun Wischwâmitra mit dem Brahmastocke *(brahmadaṇḍa)*; dieser aber erhebt seine feurige Waffe *(âgneyam astram)*, und heisst Wasischtha Stand halten. Der Brahmane erwiedert seine Aufforderung mit folgenden höhnischen Worten: „Wie kann deine Kschatrija-Macht mit der Macht eines Brahmanen überhaupt verglichen werden? Schau, du erbärmlicher Kschatrija! meine göttliche Brahma-Macht!" Die feurige Waffe, welche Wischwâmitra zum Kampfe erhob, wurde von dem Stocke des Brahmanen unschädlich gemacht, „wie Feuer vom Wasser gelöscht wird." Er focht dann mit andern göttlichen Waffen, darunter selbst mit dem Dreizack des Schiwa, und der furchtbaren Waffe des Gottes Brahmâ selbst, gegen den Brahmanen; aber sein Brahmastock verschlang sie alle. Jetzt nahm Wasischtha eine furchtbare Gestalt an; Feuer sprühte aus allen Poren seines Körpers. Die Eremiten besänftigten ihn, um grosses Unheil, etwa einen Weltbrand, zu verhüten; der Brahmane that dem Laufe seiner Rache Einhalt, da seine Ueberlegenheit von seiner Umgebung anerkannt war. Wischwâmitra selbst erkannte die Nichtigkeit seiner ganzen Macht im Vergleich mit der brahmanischen mit den Worten an: „Pfui der Stärke eines Kschatrija! die Stärke eines Brahmanen allein ist Stärke; durch den Brahmastock allein sind alle meine Waffen vernichtet worden." Dem König blieb nun nichts übrig als sich entweder in seine untergeordnete Lage zu finden, oder sich durch langdauernde Kasteiungen, durch fortgesetzte Concentration des Geistes, die Brahmanenwürde zu erwerben. Der ehrgeizige, willenskräftige Wischwâmitra entschloss sich zu dem letztern. Nachdem er seine Bussübungen eintausend Jahre lang fortgesetzt, erschien ihm der Gott Brahmâ, von allen Göttern gefolgt, und kündigte ihm an, dass er ein „königlicher Rischi *(rájarshi)*“ sei, d. h. er habe jetzt den Rang eines Rischi oder Weisen, gehöre aber immer noch der Kriegerkaste an, wenn er auch darin die höchste Stufe erreicht habe. Wischwâmitra betrachtete diese Auszeichnung als eine ganz ungenügende Belohnung seiner durch die Kasteiungen erworbenen Verdienste. Er begann seine Bussübungen, wodurch nach indischer Anschauung sich jeder eine übernatürliche Macht erwerben und den Göttern alles abtrotzen kann, auf's neue. Nach Verfluss von weitern tausend Jahren erschien Brahmâ wieder mit den Göttern, um ihm seinen Lohn zu geben; er wurde als „Rischi“ schlechthin, d. h. als Weiser und Seher proclamirt, ohne einen auf die Kaste deutenden Beisatz. Aber auch diese Auszeichnung befriedigte ihn nicht. Er setzte seine Kasteiungen fort; aber die Götter geriethen in Sorge ob seiner täglich wachsenden übernatürlichen Kraft, und beschlossen, ihn durch eine himmlische Nymphe, die Menakâ, verführen zu lassen. Der Plan gelang nur theilweise, da Wischwâmitra sich bald seiner unwürdigen Leidenschaft zu schämen begann und die Nymphe wieder fortschickte. Nach Verfluss von weitern tausend Jahren ertheilte ihm Brahmâ den Rang eines „grossen Rischi“ *(maharshi)*, ohne Beisatz der Kaste. Aber auch dieser hohe Titel genügte ihm nicht; er verlangte den eines Brahma-Rischi, d. h. eines Rischi der Brahmanenkaste. Brahmâ sagte ihm, dass er seine Sinne noch nicht ganz bezähmt habe, und folglich dieses höchsten Ranges noch nicht würdig sei. Wischwâmitra unterzog sich nun noch viel härtern Kasteiungen als bisher. Nach Verfluss von tausend Jahren war seine Kraft so gewachsen, dass sie den Göttern den grössten Schrecken einflösste. Sie wandten sich in ihrer Noth wieder an eine himmlische Nymphe, die Rambhâ, mit dem Auftrage, Wischwâmitra zu verführen. Dieser erkannte die geheime Absicht der Götter, und verfluchte die Nymphe, dass sie sofort in Stein verwandelt wurde. Aber nun hatte ihn dieser Fluch mit seinen für die himmlische Nymphe so furchtbaren Folgen aller seiner Kraft beraubt, und so musste er seine Kasteiungen von neuem beginnen. Er unterzog sich den furchtbarsten, ganz unerhörten Anstrengungen weitere tausend Jahre. Nach Verfluss dieser Zeit hatte er allen Zorn vollständig besiegt. Endlich liessen sich die Götter aus Furcht, er möchte durch seine Busskraft Himmel und Erde zerstören, herbei, ihm die heissersehnte Brahmanenwürde zu verleihen. Brahmâ begrüsste ihn als „Brahma-Rischi,“ d. h. als einen Rischi der Brahmanenkaste. Wischwâmitra, ausser sich vor Freude, dass endlich nach Verlauf von vielen tausend Jahren sein Wunsch in Erfüllung gegangen war, verlangte von den Göttern, dass er als Brahmane von den Wedas sowohl als von seinem grossen Gegner, Wasischtha, anerkannt werde, was auch

18

wirklich geschah. Also solche Anstrengung, Ausdauer und Mühsale aller Art
kostete es nach indischer Anschauung einen mächtigen König, um den Rang, die
Würde uud die geistliche Macht eines Brahmanen zu erringen!

Dieser lehrreichen Legende liegen historische Facta zu Grunde, wie ein näheres
Studium der Lieder des Rigweda ergeben hat. Unter den zehn Büchern, in welche
diese Sammlung der uralten heiligen Hymnen der Brahmanen zerfällt, enthält das
dritte die Lieder des Wischwâmitra und seiner Familie, das siebente die des Wasischtha und seiner Angehörigen. Aus beiden sehen wir, dass beide Rischis am
Hofe eines in der wedischen Zeit berühmten Königs, des S u d â s, die Stelle eines
Purohita [13]) (d. h. der Vorgesetzte), eines geistlichen und weltlichen Rathgebers, einer
Art von Premierminister, bekleideten. Geistliches und Weltliches waren so eng
miteinander verbunden, dass sie nicht geschieden werden konnten. Alles Glück
und Gedeihen hing von der richtigen Vollziehung der Opfer ab. Ihrem Gelingen
allein verdankte der König den Sieg über seine Feinde. Soviel scheint festzustehen,
dass Wischwâmitra der Kriegerkaste, und nicht der der Brahmanen angehörte, und
dass er oder seine Familie längere Zeit um Anerkennung des von ihnen kraft des
Besitzes alter wunderkräftiger Lieder und höherer Weisheit beanspruchten Brahmanen-
rangs zu kämpfen hatte; denn der Zug, dass Wischwâmitra ein Kschatrija war,
kehrt überall wieder. Der Grund des Hasses zwischen Wischwâmitra und Wasischtha und der vielleicht durch mehrere Generationen hindurch andauernden Er-
bitterung zwischen beiden Familien scheint d e r gewesen zu sein, dass Wischwâmitra
von Wasischtha, oder auch umgekehrt, aus der Premierministerstelle am Hofe des
Sudâs verdrängt wurde; denn nach indischer Sitte sind Ministerstellen erblich. Wasischtha, in dessen Hymnen das Wort *Brahma* so ungemein häufig sich findet,
beanspruchte als Inhaber des *Brahma* eine höhere Macht. In den Liedern seiner
Familie wird ihm sogar ein übernatürlicher Ursprung zugeschrieben (er heisst der
Sohn des *Mitra - Varuna* und der *Urvas'î*. Rv. 7, 33, 11.). Seine Weisheit und
sein Wissen wird als ganz übernatürlich geschildert. Indess Wischwâmitra scheint
sowohl als Dichter von Opferliedern als auch durch practische Ausübung der Opferkunst sich einen grossen Ruf erworben zu haben. Die förmliche Anerkennung seiner
Familie als einer brahmanischen scheint zwar keine Folge seiner Kasteiungen, die
wohl alle mythisch sind, sondern die der Adoption eines jungen Brahmanenknaben
gewesen zu sein, der von seinem unnatürlichen Vater (laut der alten im *Aitareya
Brâhmaṇa* erzählten Legende [14]) an einen König verkauft worden war, um an
der Stelle seines Sohnes, dessen Leben dem Gotte Waruna verfallen war, geopfert

zu werden. Wischwâmitra adoptirte ihn, nachdem er von dem Opfertode durch die Gnade der Götter erlöst war, zum Verdruss von fünfzig seiner Söhne, und setzte ihn zum Erben seiner „Wissenschaft", d. h. der von ihm gedichteten Lieder und von ihm erworbenen Opferkenntniss ein.

Obschon sich der Ursprung der Familie des Wischwâmitra aus der Kriegerkaste nie verwischt hat, so wurde er doch später als einer der Gründer des Brahmanenthums anerkannt, und erhielt einen Platz unter den 7 grossen Rischis, die nach brahmanischem Glauben als Sterne erster Grösse im Bilde des grossen Bären prangen. Ja der heiligste Vers des ganzen Weda, die sogenannte *Gâyatrî*, oder *Sâvitrî*, (er ist im *Gâyatrî*-Metrum und an den Gott *Savitar* d. i. die Sonne, gerichtet) findet sich in der Sammlung der Lieder des Wischwâmitra (Rv. 3, 62, 10.). Jetzt noch existiren Nachkommen seines Geschlechtes [15]), sowie von dem des Wasischtha, wie ich durch meinen Verkehr mit Brahmanen erfuhr. Mehrere davon waren meine Schüler.

Die Geschichte des Wischwâmitra eröffnet bereits einen Einblick in das Verhältniss der Brahmanen zu den übrigen Kasten, insbesondere zu der Kriegerkaste. Wir sehen hier die geistliche und weltliche Macht im Kampfe auf Leben und Tod miteinander. Der Inhaber der weltlichen Macht unterliegt, und kommt zur Einsicht, dass seine Macht nichts sei im Vergleich mit der eines Brahmanen. Hieran reihen sich einige interessante Fragen, die ich in Kürze beantworten will. Vor allem ist man begierig zu wissen, durch welche Mittel denn die Brahmanen zu einer so ausserordentlichen Macht gelangten, wie sie dieselbe befestigten, und wie sich die weltliche Macht dazu verhielt

Wie wir bereits bei der Erklärung der Worte *Brahma* und *Brâhmaṇa* gesehen haben, verdanken die Brahmanen ihren Einfluss und ihre hervorragende Stellung hauptsächlich ihrem höheren Wissen, besonders aber der Opferkunst. Um diess begreiflich zu machen, muss ich hier einiges über das indische Opfer im Allgemeinen [16]) bemerken. Dieses hat eine andere und viel weiter greifende Bedeutung als bei den Griechen, Römern oder Hebräern. Die Opfer, welche die Brahmanen bringen, sind in der Regel weder Dankopfer, die man den Göttern für erwiesene Wohlthaten bringt, noch Sühnopfer, wodurch man sich von den schweren Folgen eines Verbrechens oder einer Sünde loskauft, sondern sie sind das Mittel zur Befriedigung aller Wünsche, auch der übertriebensten. Durch Opfer kann man sich,

(wie schon oben bemerkt wurde) irdischen Besitz, Nahrung, Viehstand, Nachkommenschaft, Ehre, Ruhm, den Ruf der Heiligkeit, Macht und Gewalt, und nach
dem Tode einen Platz im Himmel erringen und selbst ein Gott werden. Die Ge-
winnung des Himmels und des Ranges einer Gottheit ist meist der Hauptzweck
der Opferer. Selbst die Götter, denen man opfert, haben sich ihren Rang erst
durch Opfer erworben, eine Anschauung, der man schon in den Liedern des Rigweda begegnet. Anfangs waren die Opfergebräuche sicher einfach, aber schon
während der Zeit der Abfassung der Mehrzahl wedischer Lieder wurden sie bereits
so complicirt, dass weder ein Priester noch ein Tag dazu ausreichte. Die Zahl
der verschiedenen Riten, von denen jeder eine symbolische Bedeutung hat, mehrte
sich von Tag zu Tag, um das Opfer in die Länge zu ziehen und so die Taschen
der Gläubigen zu leeren. Je complicirter das Opfer wurde, desto schwieriger wurde
auch seine Vollziehung, aber auch desto sicherer sein Erfolg. Wollte ein an die
Opferwunder Gläubiger einen bestimmten Zweck erreichen, so erfuhr er bald, dass
ein Opfer nicht genügte. Er musste einen langedauernden Opfercursus durchmachen,
indem er vom einfachen zum complicirten Opfer fortschritt. Zuerst hatte man die
zum Opfer nöthigen drei heiligen Feuer zu gründen; so wurde man ein *Agnihotri*,
d. h. einer, der das täglich vorgeschriebene Feueropfer bringt, wie die Anhänger
der alten wedischen Religion jetzt noch in Indien heissen. Nun folgen die Neu-
monds- und Vollmondsopfer, bei denen noch vier Priester genügen (drei Hauptpriester und ein Assistent). Zum glücklichen Erfolg war aber noch ein grosses
Somaopfer, dessen Vollziehung wenigstens fünf Tage in Anspruch nimmt, und sechs-
zehn Priester erfordert, nothwendig. Ja wer der Erreichung seines Wunsches ganz
sicher sein wollte, that wohl einen ganzen Cyclus von sieben Somaopfern (das so-
genannte *Jyotishṭoma)* zu bringen. Wer Lust hatte, weiter zu opfern, dem war
ebenfalls Gelegenheit geboten. Die Zahl der Priester konnte vervierfacht werden,
so dass 64 nöthig wurden (bei dem sogenannten *Sarvato-mukha* Opfer). Für die
Kschatrijas gab es noch besondere Opfer, wie das Aschwamedha, d. i. Pferdeopfer, das Râdschasûya, d. i. das mit der Königsweihe verbundene Opfer. Das
Pferdeopfer war das allerkostspieligste, da der König zu demselben Brahmanen von
allen Theilen Indiens einzuladen, und sie alle mit Geschenken zu bedenken hatte,
so dass seine Schatzkammer für lange erschöpft wurde. Es gab Opfer, die sogenannten *Sattras*, d. i. Opfersitzungen, die ein ganzes Jahr, ja sogar eine ganze
Reihe von Jahren dauern konnten, so dass die Opferkunst ein eigentliches und
zwar sehr einträgliches Gewerbe wurde. Es bildeten sich ganze Corporationen von
Brahmanen, die ihr ganzes Leben der Vollziehung von Opfern widmeten. Die Könige

mussten sie unterstützen; denn das Wohl des Landes hing davon ab. Wo viel geopfert wird, da fällt nach einer heute noch in Indien herrschenden Anschauung reichlicher Regen. Bei anhaltender Trockenheit sagen die Brahmanen jetzt noch, dass es Folge von Abnahme der Opfer sei, die von der englischen Regierung keine Unterstützung fänden, wie sie es immer von Seite der einheimischen Fürsten gefunden. Die Hauptgottheit des Somaopfers war stets Indra, der durch Gewitter Regen spendende Gott. Die Brahmanen hatten es in ihrer Gewalt, durch die Bereitung des Somatrankes aus dem Safte des *Sarcostemma viminale* ihn so zu stärken, dass er die von einem Dämon geraubten Wolkenwasser befreite und auf die dürstende Erde ausgoss.

Die ursprüngliche Bedeutung der Brahmanen lag hauptsächlich darin, dass sie die Gewitter- und Regenmacher waren, und so als die Inhaber des Brahma, d. i. des Wachsthums und Gedeihens, als Nahrungsspender galten. Die Anschauung muss uralt sein, und schon frühe tiefe Wurzeln in den Gemüthern des indischen Volkes geschlagen haben. Da die Wissenschaft der Brahmanen für ganz unentbehrlich galt, so wussten diese schlauen Köpfe sehr bald den Kreis ihrer Thätigkeit zu erweitern. Sie versprachen nicht nur dem verschmachtenden Volke Regen vom Himmel herabzuzaubern, sondern vermöge ihrer Kenntniss der heiligen Lieder und Gesänge, jeden Wunsch zu befriedigen, dem Kinderlosen Nachkommenschaft, dem Armen Reichthum, dem Könige Macht und ausgedehnte Herrschaft, dem Ehrgeizigen Ruhm und Ehre u. s. w. zu erwirken. Sie standen der Menge als wahre Wundermänner gegenüber, in deren Dienste die Götter und alle Naturkräfte standen. Darf es da Wunder nehmen, wenn sie von der ungebildeten Masse des indischen Volkes wie Götter angestaunt und verehrt wurden? Da ihre Geltung von dem Besitze der heiligen Lieder, Sprüche und der Kenntniss der Opfer abhing, so trugen sie Sorge, ihre Wissenschaft geheim zu halten. Der Weda durfte lange gar nicht schriftlich aufgezeichnet werden, und hat sich Jahrhunderte lang nur durch mündliche Ueberlieferung erhalten; ja selbst heute gibt es noch viele Brahmanen, die einen der Wedas, selbst ohne den Inhalt zu verstehen, wörtlich auswendig wissen [17]). Die Brahmanen konnten als die einzigen Inhaber einer so wichtigen Wissenschaft den Aberglauben des Volkes auch für sich allein ausbeuten, und haben diese Gelegenheit auch trefflich zu benützen verstanden. Nicht nur wollten sie durch die extravagantesten Geschenke *(dakshiṇâ)* geehrt sein, sondern sie beanspruchten auch eine gesellschaftliche Sonderstellung; sie wollten mit einem Worte nicht u n t e r, sondern über dem Gesetze stehen. Sie wollten nicht etwa blosse Mittelpersonen zwischen den Göttern und übrigen Menschen, wie die Priester anderer Nationen, der Juden, Perser, Griechen, Römer u. s. w. sein, sondern ihre Macht war der der Götter gleich; sie waren selbst auf der Erde wandelnde Götter. So heisst es in einem wedischen Buche (*S'atapatha Brâhmaṇa II*, 2, 2, 6.): „Es gibt zwei Arten von Göttern, nämlich die eigentlichen Götter, während die Brahmanen, welche die heilige Ueberlieferung, d. i. den Weda, auswendig wissen *(s'us'ruvâṁso anûchânâḥ)*, die Menschengötter sind. Die Verehrung ist bei beiden gleich; die Götter erhalten Opfergaben *(âhuti)*; die Brahmanen aber, welche die heilige Ueberlieferung auswendig wissen, Geschenke *(dakshiṇâ)*. Durch Opfergaben stellt man die Götter zufrieden; durch Geschenke die Menschengötter, nämlich die Brahmanen. Diese beiden Arten von Göttern machen den Opferer glücklich, wenn sie befriedigt sind". Ja es finden sich Stellen, in denen die Brahmanen sich noch eine höhere Macht zuschreiben als selbst die Götter besitzen. So heisst es im Atharwaweda *(Saṁh.* 11, 5.) vom Brahmâtschârî, d. h., von einem Brahmanen, der sich dem Studium der heiligen Wissenschaft widmet, (was nicht alle thun), also einem Studenten brahmanischer Theologie: „Die Götter sind vereinigt in ihm; er hat die Erde und den Himmel gegründet . . . Er war vor dem Brahma geboren; aus ihm kam das Brahma . . . Er erzeugt die göttliche Wissenschaft, das Wasser, die Welt u. s. w."

Bei diesen masslosen Ansprüchen, welche die Brahmanen erhoben, die sich für allmächtig und allwissend, in der That für die eigentlichen Herren der Welt ausgaben, war es ganz natürlich, dass sie der übrigen Menschheit gegenüber eine streng geschlossene Kaste bilden mussten. Noch in der wedischen Zeit scheinen sie mehr Gewicht auf die Vererbung der so allmächtigen heiligen Wissenschaft als des unversiegbaren Reichthumsquells vom Vater auf den Sohn und die Nachkommen, als auf die Reinerhaltung des Blutes durch Heirathen in der Kaste gelegt zu haben. Als im Verlaufe der Zeit die zahlreichen Brahmanenfamilien, für deren Vermehrung schon durch das Gesetz gesorgt war, dass jeder Vater einen Sohn haben müsse (hat er keinen leiblichen, so muss er einen adoptiren) den übrigen Ständen gegenüber immer mehr eine Sonderstellung einzunehmen begannen, so wurden Heirathen ausserhalb der Kaste verboten. Sie wurden immer abgeschlossener, was einen nachtheiligen Einfluss auf die übrigen Klassen der Gesellschaft ausübte, die sich in Folge des von den Brahmanen gegebenen Beispiels ebenfalls kastenartig abschlossen. Nicht bloss Heirathen mit den Mitgliedern anderer Gesellschafts-Klassen wurden verboten, sondern auch gemeinschaftliche Mahlzeiten, ja selbst die Berührung. Die Kasten wurden für eine göttliche von Anbeginn her existirende Einrichtung erklärt, die kein Sterblicher ungestraft verletzen dürfe. Die Brahmanen nahmen darin die höchste Stelle ein, und erklärten kraft ihres göttergleichen Ranges ihre Personen für heilig und unverletzlich. Für das grösste aller Verbrechen galt der Brahmanenmord. Dagegen konnte kein König einen Brahmanen wegen irgend eines begangenen Verbrechens an Leib und Leben strafen, ohne die schwerste Schuld auf sich zu laden. Selbst das Eigenthum des Brahmanen galt für so heilig, dass, wenn er kinderlos und ohne nähere Verwandte sterben sollte, seine Hinterlassenschaft nie dem Könige zufallen darf, der sonst in solchen Fällen nach indischem Gesetz ein unzweifelhaftes Recht auf das Eigenthum von Mitgliedern aller andern Kasten hat, sondern muss irgend einem Brahmanen gegeben werden. Gegen Angriffe auf ihr Eigenthum durch die Könige, die früher öfter stattgefunden zu haben scheinen, suchten sie sich durch Androhung der verderblichsten Folgen sicher zu stellen. „Des Brahmanen Weib" heisst es (*Rv.* 10, 109, 4.) ist schrecklich, wenn sie genommen wird; sie stiftet Unheil im höchsten Himmel." Ebenso bringt die Kuh eines Brahmanen dem, der ihn derselben beraubt, das grösste Unheil; ihr Fleisch verwandelt sich in Gift für den, der sie schlachtet und isst, u. s. w. (*Atharv. Saṁh.* 5, 18.)

Den König suchten sie in eine vollständige Abhängigkeit zu bringen, und wohl nie hat eine Priesterschaft soviel erreicht, wie die Brahmanen. Der König hatte stets einen Brahmanen als Purohita, d. i. Premierminister (s. oben) anzustellen, der Geistliches wie Weltliches zu verwalten hatte. Bei der Anstellung desselben hatte er sich sogar einer seiner Würde wenig angemessenen Ceremonie zu unterziehen. Er musste nämlich die Füsse des anzustellenden Brahmanen waschen und dabei folgende Worte sprechen (*Ait. Brahm.* 8, 27) „Ich wasche, o Götter, den rechten und linken Fuss (des Purohita), dass mein Reich beschützt und gesichert bleibe. Mögen die Wasser, mit denen ich sie gewaschen, meinen Feind vernichten!" Der anzustellende Brahmane ist die personificirte Glücksgöttin; desswegen muss der König bei dieser Gelegenheit sagen: „Ich bereite der Gottheit des Glückes einen Sitz."

Der König, wenn seine Herrschaft von irgend welcher Dauer sein sollte, musste von den Brahmanen förmlich zum Könige geweiht werden. Diess geschah während des Râdschasûya, d. i. Königsweiheopfers. Der eigentliche Akt der Weihe war die Besprengung mit Wasser. Da die Vollziehung dieser Ceremonie für die Kaste sehr einträglich war, so versäumten die Brahmanen keine Gelegenheit, wiederholt den Königen zu erzählen, wie dieser oder jener alte Herrscher durch dieses Opfer seine Macht fest begründet, seine Feinde besiegt und vernichtet habe Sie erfanden auch allerlei Geschichten, in welchen die verderblichen Folgen der Missachtung oder sogar Misshandlung der Brahmanen seitens der Kschatrijas den Königen vor Augen geführt wurden, um sie zu schrecken. Eine der interessantesten Legenden dieser Art ist die von dem König Nahuscha. Dieser hatte durch die Kraft der von ihm gebrachten Opfer eine solche Macht erlangt, dass er die ganze Erde beherrschte. Er wurde aber so übermüthig, dass er sich vermass, eintausend Brahmanen zu seinen Palankinträgern zu machen. Als er einmal einen dieser Heiligen, den Rischi Agastja, mit dem Fuss berührte, so verfluchte ihn dieser, eine Schlange zu werden. Der Fluch ging in Erfüllung.

Die masslosen Ansprüche der Brahmanen auf Allmacht und Allwissenheit wurden indess nicht immer bereitwillig von den Königen anerkannt, und es scheint sogar nicht an blutigen Kämpfen zwischen den Trägern der geistlichen und weltlichen Gewalt gefehlt zu haben. Die geistig hervorragendsten Mitglieder der Kriegerkaste liessen sich nicht selten in einen Wettstreit mit den Brahmanen ein, wer im Wissen der überlegenere sei, wie wir aus mehreren in den wedischen Büchern überlieferten Legenden wissen und blieben sogar Sieger. So erklärten sich berühmte Brahmanen, wie Jadschnawâlkja und Gârgja für besiegt von Kschatrijas im Wissen. und baten sie um Unterricht, was gegen das Herkommen verstiess, da nur die Brahmanen des Lehramts walten dürfen. Der König Dschanaka wurde in Folge seines hohen Wissens sogar ein Brahmane (*S'atapatha Brâhm. XI*, 6, 2, 1—10.).

Die rohern Mitglieder der Kriegerkaste scheinen hauptsächlich durch die Reichthümer und Schätze, welche die Brahmanen durch Ausbeutung des Aberglaubens des indischen Volkes sich erwarben, zu Angriffen gegen sie getrieben worden zu sein, wie aus der Geschichte des Aurwa (im *Adiparva* des *Mahâbhârata*) erhellt. Die Brahmanen begnügten sich indess nicht immer mit der Anwendung geistlicher Waffen und namentlich ihrer für furchtbar gehaltenen Flüche, sondern sie griffen sogar zum Schwerte, um ihre dominirende Stellung den Königen gegenüber zu behaupten. Sie scheinen indess vielfach im Stande der Nothwehr gehandelt zu haben; denn sonst wäre es kaum denkbar, wie die Brahmanen überhaupt Gebrauch von Waffen machen konnten, da diess Recht gesetzlich ausschliesslich den Kschatrijas zusteht. So allein erkläre ich mir die bekannte Sage von Paraschu Râma, dem

Sohn des Brahmanen Dschamadagni, der, weil ein Kschatrija seinen Vater erschlagen, der ganzen Kriegerkaste den Untergang schwor, und sie auch so vollständig vertilgt haben soll, dass die spätern Kschatrijas als Nachkommen von brahmanischen Vätern und Kschatrijamüttern angesehen wurden. Die Beschreibung des Kampfes ist natürlich ganz übertrieben, da die Brahmanen als im Waffenwerk ungeübt, sicherlich nicht im Stande waren, die darin erzogenen Kschatrijas auszurotten.

Wenn auch schon die Brahmanen bei jeder Gelegenheit kund gaben, dass ihre Macht grösser sei als die der Könige, so haben sie doch nie die königliche Gewalt sich angemasst. Sie wollten nur dem Könige nahe stehen, seine Rathgeber sein und von ihm mit reichen Geschenken bedacht werden. Sie haben auch stets Gehorsam gegen die Könige gelehrt, da sie die königliche Gewalt als eine von Gott eingesetzte erklärten und erkannten. Nie schrieben sie sich die Macht zu, Könige ein- und abzusetzen. Sündigt der König gegen die Gesetze der göttlichen Weltordnung, so trifft ihn nach brahmanischer Anschauung immer von selbst die Strafe als die Folge seiner frevelhaften That. Unter sich selbst haben sie nie eine Hierarchie aufkommen lassen. Alle Brahmanen stehen sich gleich; nur durch hervorragendes Wissen und wissenschaftliche Leistungen kann ein Brahmane sich höheres Ansehen und auch Einfluss und Geltung bei seinen Standesgenossen verschaffen.

Wir würden den Brahmanen indess Unrecht thun, wollten wir sie nur als eine Classe von Menschen darstellen, die bloss auf den Aberglauben der Masse speculirte und davon sich nährte, ohne die geistige Entwicklung der Menschheit gefördert zu haben. Als die von Anbeginn an durch göttliche Ordnung bestellten Lehrer der Menschheit und die Träger alles Wissens waren sie stets die eifrigsten Pfleger aller Arten von Wissenschaften. Sie begnügten sich nicht damit, die heiligen Ueberlieferungen der Vorzeit durch Auswendiglernen treu zu bewahren, sondern die denkendsten Köpfe unter ihnen waren bestrebt, aus diesem Schatz der Ueberlieferung heraus theils Systeme zu entwickeln, theils ganz neu zu schaffen. So begründeten sie das Studium der Grammatik, in welchem Zweige des Wissens sie mehr leisteten als die Griechen, und machten daraus eine förmliche Wissenschaft, die in 3996 kurzen aphoristischen von Pânini verfassten Lehrsätzen vorgetragen, und eingehend commentirt wurde. Erst seit der Schöpfung der vergleichenden Grammatik, einer Wissenschaft des 19. Jahrhunderts, ist die hohe Wichtigkeit der grammatischen Studien der Inder erkannt worden, und nicht ohne Einfluss auf diese junge Wissenschaft geblieben. Auf dieselbe Weise cultivirten sie die Rhetorik und Aesthetik, und schufen sich verschiedene Systeme der Philosophie. Die Ziffern, mit denen die ganze Welt schreibt, sind eine Erfindung der Brahmanen; die ältesten algebraischen Gleichungen und ihre Lösung stammen von den Ufern des Ganges. Astronomie und Medizin blühten ebenfalls; in der erstern sind indess griechische Einflüsse unverkennbar.

Gegenwärtig unter der Herrschaft der Engländer geht das Brahmanenthum einer Krisis entgegen. Der Einfluss der Kaste ist im Schwinden; ihre alten Einnahmsquellen, die Opfergeschenke und andere freiwillige Gaben, fangen an zu versiegen; auch finden sich nur noch wenige indische Fürsten, die nach altindischer Sitte denen, die einen der Wedas auswendig gelernt, oder sich eine genaue Kenntniss irgend einer indischen Wissenschaft, wie der Grammatik, Rhetorik, Mathematik, Philosophie u. s. w. erworben haben, jährliche Stipendien aussetzen Die Brahmanen haben indess die Zeit begriffen. Da sie sehen, dass mit dem Auswendiglernen von Tausenden von Regeln der Grammatik, Rhetorik, Philosophie n. s. w. sich für eine ganze Kaste nicht mehr der Lebensunterhalt erwerben lässt, so fangen sie an, die englischen Schulen zu besuchen, Englisch zu lernen und sich wenigstens in ihrem grossen Vaterland die Mehrzahl der niedern Beamtenstellen zu sichern. Ja einige haben es schon zu einer solchen Meisterschaft in der englischen Sprache gebracht, dass ihnen Lehrstühle der englischen Litteratur in Indien übertragen werden konnten. Da sie die intelligentesten und fähigsten Köpfe unter den Hindus sind, so werden sie immer eine grosse Rolle in der Geschichte und Culturentwickelung ihres Vaterlandes spielen.

Anmerkungen.

1. Siehe mehr über die Brâhmanas in meiner Ausgabe und Uebersetzung des *Aitareya Brâhmaṇa* (2 Bd. Bombay 1863) Bd. I Introduction (pag. 1 — 7; 49 — 53). Ich habe in diesem Werk den Versuch gemacht. ein Brâhmana zum erstenmale vollständig zu übersetzen. Seither hat die Erklärung dieses umfassenden und reichhaltigen wedischen Literaturgebiets keine wesentlichen Fortschritte gemacht; man begnügt sich in der Regel mit blossen Ausgaben des Textes nebst Commentar, und gelegentlicher Uebersetzung einiger leichter besonders interessant scheinender Stellen. Die Erklärung namentlich des rituellen Theils ist ungemein schwierig. Wäre ich nicht während meines Aufenthalts in Indien in der glücklichen Lage gewesen, von Opferpriestern Erkundigungen einzuziehen, so wäre ich nie im Stande gewesen, namentlich das Technische des indischen Opfers zu begreifen. Das mir zu Gebote stehende ausserordentlich reiche Material bezüglich des Opfercultus systematisch zu bearbeiten, habe ich bis jetzt leider keine Zeit finden können, so wünschenswerth es auch bei dem gegenwärtigen kritischen Zustande der Wedastudien sein dürfte, und so oft ich auch schon von Freunden und Kennern des wedischen Alterthums dazu aufgefordert worden bin. Für das tiefere Verständniss der wedischen Hymnen ist eine nähere Kenntniss des Opferrituals ganz unentbehrlich, da in denselben eine Menge Anspielungen auf die Opfergebräuche vorkommen. Der Mangel an der nöthigen Detailkenntniss in diesem Gebiete ist auch bei allen modernen Uebersetzungsversuchen wedischer Hymnen, selbst solchen, die von den bedeutendsten Sanskritisten herrühren, unverkennbar; daher auch das Vage, Nebelhafte, und Unbestimmte in den Uebersetzungen so vieler Verse. Man hat sich sehr häufig durch blosses Rathen aus dem Sinn und Zusammenhang zu helfen versucht. Wenn auch nicht zu läugnen ist, dass auf diese Weise mancher glückliche Griff gemacht und manche Dunkelheit aufgehellt worden ist, so lässt sich auf der andern Seite mit Bestimmtheit behaupten und auch nachweisen, dass dieses Verfahren zu einem vollkommenen Verständniss der uralten wedischen Hymnen völlig unzureichend ist. Wer diese ehrwürdigen Dokumente mit Sicherheit interpretiren, oder, um mich eines treffenden Ausdrucks Max Müller's zu bedienen, entziffern will, der muss sich zuerst eine eingehende Kenntniss des gesammten wedischen Alterthums, und namentlich aller Opfergebräuche, häuslichen Ceremonien, Sitten, Rechtsgebräuche, der philosophischen Speculation u. s. w. durch das Studium aller wedischen Samhitâs, der dazu gehörigen Brâhmanas, der zahlreichen Upanischaden, der alten Opfer- und Rechtsbücher mit ihren Commentaren erwerben, und nach sorgfältiger Scheidung des Aeltern von dem Jüngern interpretiren. Wie sehr gerade diese Anschauung mangelt, zeigt das grossartig angelegte und sonst vieles Treffliche enthaltende Petersburger Sanskritwörterbuch fast auf jeder Seite. Ihr Mangel lässt sich auch bei der Art wie es zu Stande kam und kommt, leicht begreifen. Man sammelt die einzelnen Wörter in den verschiedensten wedischen Werken, soweit sie zugänglich sind (manche, welche ich sogar selbst besitze, fehlen), ordnet sie alphabetisch, und sucht nun mit möglichst geringem Zeitverlust durch eine möglichst rasche Ueberblickung der Stellen in denen ein Wort vorkommt, meist ohne Zuratheziehung der Commentare, da deren Studium zu viele Zeit erfordern würde, und sie häufig auch gar nicht zugänglich sind, den Sinn des Wortes zu errathen. Dieses Verfahren kann aber in schwierigen Fällen (und deren Zahl ist ausserordentlich gross) meist nur zu einem halben Verständniss, öfter aber auch zu einem völligen Missverständniss führen. Will man aber zu einem sichern Resultat rücksichtlich der Bedeutung namentlich eines technischen Ausdrucks gelangen, so genügt es nicht, nur die betreffenden Stellen, in denen derselbe vorkommt, flüchtig anzusehen, sondern man muss die ganze Ceremonie, zu deren Nomenclatur er gehört, vollkommen verstehen. Wie ist diess aber möglich, wenn man nicht, ehe man den Druck eines Lexikons beginnt, die ganze Literatur in all' ihren Theilen eingehend studirt hat? Gerade in diesem Mangel an der nöthigen umfassenden und genauen Detailkenntniss liegt die Schwäche des sonst so nützlichen und als Repertorium von Parallelstellen so ausserordentlich brauchbaren Petersburger Sanskritwörterbuchs. Dagegen bildet eine bis in's Einzelnste gehende Kenntniss aller Sitten, Gebräuche, Ceremonien, philosophischen Begriffe u. s. w. gerade die Hauptstärke, der von den Verfassern jenes Wörterbuchs so geringschätzig behandelten indischen Commentatoren. Dessenungeachtet bin ich nicht geneigt, die Erklärungen der letztern in allen Fällen zu adoptiren. Sie haben, wie ihre starke, so auch ihre sehr schwache Seite. Hiezu gehört vor allem der Mangel eines methodischen Verfahrens, die Sucht zu etymologisiren, und die Bedeutung der Wörter häufig ohne

Rücksicht auf die Parallelstellen bloss durch Etymologie zu bestimmen, was noch schlimmer ist, als das Errathen des Sinnes aus dem Zusammenhang unter Vergleichung einer genügenden Anzahl von Parallelstellen. Auch kommt es nicht selten vor, dass sie spätere Anschauungen in ältere Texte hineintragen, in die sie nicht recht passen wollen. Sieht man indess auf die Resultate der indischen, und der modernen europäischen Wedenerklärung, so dürfte keine von beiden Richtungen unbedingt zu empfehlen sein; denn viele von den im Petersburger Wörterbuch niedergelegten Erklärungen sind, sofern sie von den indischen gänzlich abweichen, und für sie nirgends in der grossen indischen Literatur ein Anhaltspunkt zu finden ist, jedenfalls ebenso unzuverlässig, als die von den indischen Commentatoren nur auf Grund einer Etymologie gegebenen. Alles hier Gesagte könnte ich durch eine Reihe von Beispielen erörtern, doch da diess hier zu weit führen würde, so begnüge mich mit den eben gegebenen Andeutungen, um dem Uneingeweihten zu zeigen, wie schwierig immer noch die Interpretation des Weda ist, und wohl noch lange bleiben wird, und wie sehr man sich auch hier vor Einseitigkeit zu hüten hat.

2. Die Zahl der Upanischaden ist sehr gross. Ich besitze allein 101, die in einem Werke gesammelt sind, das ich von Baroda in Guzerat erhalten habe. Da ein Verzeichniss derselben Sanskritisten von Interesse sein dürfte, so erlaube ich mir ein solches hieher zu setzen.

1) *Tripurâtapana-upanishad* 16 Blätter in Folio; 2) *Sûrya-upanishad* 2 Bl.; 3) *Avyaktanrisimha-upanishad* 5 Bl.; 4) *Akshamâlika-upanishad* 8 Bl.; 5) *Yogakundali-upanishad* 8 Bl.; 6) *Kundalika-upanishad* 3 Bl.; 7) *S'ukarahasya-upanishad* 6 Bl.; 8) *Vedântasâravis'râma-upanishad* 1 Bl.; 9) *Adhyâtma-upanishad* 4 Bl.; 10) *Pinda-upanishad* 1 Bl.; 11) *Atharvanarahasyetris'ikha-brâhmanam* 4 Bl.; 12) *Anubhavasâra-upanishad* 3 Bl.; 13) *Pâs'upâtabrahma-upanishad* 6 Bl.; 14) *Sâvitrî-upanishad* 2 Bl.; 15) *Rudrahridaya-upanishad* 4 Bl.; 16) *Ganapati-upanishad* 3 Bl.; 17) *Sâmavedoktavajras'uchi-upanishad* 5 Bl.; 18) *S'ûlaka-upanishad* 2 Bl.; 19) *Bahvricha-upanishad* 2 Bl.; 20) *Nirvânashatkam* 1 Bl.; 21) *Atmabodha-upanishad* 4 Bl.; 22) *Bhikshuka-upanishad* 2 Bl.; 23) *Devi-upanishad* 3 Bl.; 24) *Târasâra-upanishad* 3 Bl.; 25) *Bhâvanâ-upanishad* 3 Bl.; 26) *S'ârîraka-upanishad* 2 Bl.; 27) *Annapûrna-upanishad* 23 Bl.; 28) *Parabrahma-upanishad* 4 Bl.; 29) *Atma-upanishad* 1 Bl.; 30) *Avadûta-upanishad* 3 Bl.; 31) *Dars'ana-upanishad* 16 Bl.; 32) *Tripura-upanishad* 2 Bl.; 33) *Katha-upanishad* 4 Bl.; 34) *Pâiyyalâda-upanishad* 3 Bl.; 35) *Omkâra-upanishad* 2 Bl.; 36) *Mahâvâkya-upanishad* 2 Bl.; 37) *Kâivalya-upanishad* 1 Bl; 38) *Muk-*

tikâ-upanishad 12 Bl.; 39) *Nrisimha-upanishad* 25 Bl.; 40) *Ekâkshara-upanishad*
1 Bl.; 41) *Akshi-upanishad* 3 Bl.; 42) *Brahmavidyâ-upanishad* 6 Bl.; 43) *Maṇ-
ḍalabrahma-upanishad* 6 Bl.; 44) *S'vetâs'vetara-upanishad* 8 Bl.; 45) *Aruṇeya-
upanishad* 1 Bl.; 46) *Bharga-upanishad* 1 Bl.; 47) *Jâbâli-upanishad* 2 Bl.;
48) *Paramahaṁsaparivrâjaka-upanishad* 4 Bl.; 49) *Amṛitanâda-upanishad* 2 Bl.;
50) *Nâdabindu-upanishad* 2 Bl.; 51) *Atharvas'ira-upanishad* 4 Bl.; 52) *Atharvas'ikhâ-upanishad* 1 Bl.; 53) *Mâitreyî-upanishad* 23 Bl; 54) *Râmatapana-
upanishad* 11 Bl.; 55) *Yogatatva-upanishad* 1 Bl.; 56) *Atmabodha-upanishad*
1 Bl.; 57) *Yogatatvabodha-upanishad* 7 Bl.; 58) *Atma-upanishad* 2 Bl.; 59) *Adhyâtma-upanishad* 4 Bl. (verschieden von Nr. 9); 60) *Tris'ikhabrahma-upanishad*
9 Bl.; 61) *Sîtâ-upanishad* 3 Bl.; 62) *Nirâlamba-upanishad* 4 Bl.; 63) *Kâlâg-
nirudra-upanishad* 2 Bl.; 64) *Amṛitabindu-upanishad* 2 Bl.; 65) *Kshurikâ-
upanishad* 2 Bl.; 66) *Kâushîtaki-upanishad* 10 Bl.; 67) *Râmatâpinî-upanishad*
15 Bl.; 68) *Sannyâsu-upanishad* 9 Bl.; 69) *Turîyâtîtâvadhûta-upanishad* 3 Bl.;
70) *Yâjnavalkya-upanishad* 3 Bl; 71) *Hayagrîva-upanishad* 3 Bl.; 72) *S'âṭy-
âyana-upanishad* 4 Bl.; 73) *Sâubhâgyalakshi-upanishad* 4 Bl.; 74) *Gâruḍa-
upanishad* 4 Bl.; 75) *Dattâtreya-upanishad* 3 Bl.; 76) *Kalisaṁtarpaṇa-upanish-
ad* 1 Bl.; 77) *Krishṇa-upanishad* 2 Bl.; 78) *Brahmavidyâ-upanishad* 1 Bl.;
79) *Oṁkâra-dhvani-nâda-upanishad* 9 Bl.; 80) *Bṛihad-jâbâla-upanishad* 36 Bl.;
81) *Mahâ-upanishad* 30 Bl.; 82) *Tejobindu-upanishad* 27 Bl.; 83) *Nârada-
parivrâjaka-upanishad* 31 Bl.; 84) *Mahânârâyaṇa-upanishad* 13 Bl.; 85) *S'âṇ-
ḍilya-upanishad* 13 Bl.; 86) *Varâha-upanishad* 15 Bl.; 87) *Gopâla-uttaratâ-
pinî-upanishad* 11 Bl.; 88) *Pâingala-upanishad* 8 Bl.; 89) *Yogachûḍâmaṇi-
upanishad* 7 Bl.; 90) *Mudgala-upanishad* 3 Bl.; 91) *Advayatâraka-upanishad*
3 Bl.; 92) *S'arabha-upanishad* 3 Bl.; 93) *Vasudeva-upanishad* 2 Bl.; 94) *Brahma-
upanishad* 2 Bl.; 95) *S'arîraka-upanishad* 26 Bl. (identisch mit Nro. 26);
96) *Dakshiṇâmûrti-upanishad* 2 Bl.; 97) *S'rîskanda-upanishad* 1 Bl.; 98) *Nir-
vâṇa-upanishad* 1 Bl.; 99) *Bhikshuyoka (moksha?)-upanishad* 1 Bl.; 100) *Yo-
gas'ikhi-upanishad* 1 Bl.; 101) *Yoga'sikha-upanishad* 20 Bl.

In dieser Sammlung, welche eine der vollständigsten ist, fehlen wohl ab-
sichtlich mehrere allgemein bekannte gerade wegen ihrer Allgemeinheit, wie die
Chândogya-upanishad, die *Bṛihad-âraṇyaka, Mâṇḍûkya* u. s. w. Max Müller hat in
in der Zeitschrift der Deutschen Morgenländ. Gesellschaft (Bd. XIX p. 137—158) ein
alphabetisches Verzeichniss aller Upanischads, soweit deren Namen zu seiner Kenntniss
gekommen sind, gegeben. Er zählt deren 149, von denen er indess viele nicht gesehen

zu haben, sondern nur dem Namen nach zu kennen scheint. In der mir gehörigen Sammlung, deren Liste ich so eben gegeben, finden sich indess mehrere, die in Müller's Liste nicht vorkommen, wie die *Omkâra-upanishad* und *Bharga-upanishad.* Sie sind natürlich von sehr ungleichem Alter. Ihre grosse Zahl begreift sich leicht aus dem Umstande, dass nach brahmanischer Anschauung zur Begründung irgend einer neuen religiösen Anschauung eine für geoffenbart geltende Schrift erforderlich war. Da die Upanischads eigentlich Geheimlehren *(rahasya)* waren und auch geheim gehalten wurden, so konnte man die Zahl derselben, sowie ihre Aechtheit und Unächtheit nicht sofort erkennen. Sie waren desshalb am geeignetsten um individuellen Ansichten göttliche Sanction zu verleihen, da sie für einen Theil des inspirirten Weda gehalten wurden. Desswegen wurden nicht nur die zu den verschiedenen Redaktionen der Brâhmanas, und namentlich zum Atharwaweda gehörigen Upanischads (auch davon besitze ich eine Sammlung) sorgfältig gesammelt und bewahrt, sondern auch neue fabrizirt. Mehr Einzelnheiten über die Upanischads hoffe ich an einem andern Orte mitzutheilen.

3. Ueber die Bedeutung des Wortes *Brahma* habe ich schon mehrmal gehandelt, und hier nur die Hauptresultate in einer für das grössere gebildete Publikum verständlichen Form vorgetragen und weiter entwickelt; s. die Note in meinem *Aitareya Brâhmana,* Introduction pag. 4. 5., und meinen Artikel „über die ursprüngliche Bedeutung des Wortes *Brahma*" in den Sitzungsberichten der K. bayerischen Akademie der Wissenschaften von 1868, Bd. I S. 80—100. Ich habe darin alle wichtigern Stellen des Rigweda, in denen das Wort *Brahma* vorkommt, untersucht, und bin zu dem Resultat gekommen, dass es nicht 'Andacht' heissen kann, wie in Deutschland so häufig behauptet wird. Die nähern Beweise gegen diese Ansicht mögen dort nachgelesen werden. Das Material für Untersuchungen über *Brahma, Brahmâ* und *Brâhmana* ist möglichst vollständig gesammelt von Dr. John Muir in seinen so ungemein nützlichen und werthvollen *Original Sanscrit texts, vol. I* pag. 240—265, 2^d *edition* (1868). Eine umfassende Darstellung der Entwicklung des Brahmabegriffes von den ältesten Wedahymnen angefangen bis auf die Feststellung des wedântischen Systems in Bâdarâjana's *Brahma-sûtras* dürfte eine ebenso interessante als lohnende, aber auch höchst schwierige Aufgabe sein.

4. Da die *Mâitrâyaṇî Saṁhitâ* des *Yajurveda* in Europa bis jetzt ganz unbekannt zu sein scheint (wenigstens erinnere ich mich nicht irgendwo etwas darüber gelesen zu haben), so möge es mir verstattet sein hier einige kurze Mittheilungen über dieses seltene Werk zu machen. Ich besitze davon zwei Exemplare, die sich gegenseitig ergänzen. Das eine stammt von Ahmedabad in Guzerat, enthält nur den zweiten *Kánda*, und wurde im Jahr 1590 (*Sáka* 1512) geschrieben, das zweite ist eine moderne, aber im ganzen gute Abschrift, die für mich im Jahre 1864 von einer ältern in Nassik (*Násika*) befindlichen von dem 1., 3., und 4. *Kánda* und der dazu gehörigen *Máitreyî-upanishad* (von der ich übrigens noch ein zweites Exemplar besitze), angefertigt, und sorgfältig corrigirt wurde. Ebenso besitze ich die *Máitráyaṇi-Gṛihyasútra*, die bis jetzt nur dem Namen nach in Europa bekannt sind. Was die *Máitráyaṇi-Saṁhitá* betrifft, so besteht sie aus drei Haupttheilen, die *prathama*, *madhyama* und *tritîya Kánda* heissen; ein vierter *Kánda* bildet einen Anhang, den *Araṇyaka's* der andern wedischen Sammlungen vergleichbar, an den sich dann die Upanischad anschliesst. Ein eigenes *Bráhmaṇa* zu dieser *Saṁhitá* scheint nicht vorhanden zu sein. Diese enthält ähnlich wie die *Táittiríya-Saṁhitá* des *Yajurveda*, sowohl eigentliche Opfersprüche (*yajûṁshi*) als auch Speculationen darüber (*bráhmaṇam*) und ist desswegen beides, *Saṁhitá* und *Bráhmaṇa*. Der erste *Kánda* umfasst 11 *Prapáṭhaka*, wovon jedes wieder in eine grössere oder geringere Anzahl kleinerer Abschnitte, *Anuvákas*, zerfällt. Es beginnt gerade wie die *Taittiríya*- und *Vájasaneyî-Saṁhitás*, jedoch zeigen die betreffenden Mantras nicht unbedeutende Abweichungen. Sie lauten hier:

इषे त्वा सुभूताय वायव स्थ देवो वः सविता प्रार्थयतु श्रेष्ठतमाय कर्मणा आप्यायध्वमघ्न्या देवेभ्या इंद्राय भागंमा वस्तेन ईऽत माघशऽसो ध्रुवा अस्मिन् गोषतौ स्यात बह्रीर्यजमानस्य पशू-न्पाहि ॥

Einige der Abweichungen, die ke in e Schreibfehler, sondern alte Tradition sind, sind auffallend, wie z. B. *prárthayatu* für *prárpayatu* in *Taitt.* und *Vaj.*, *karmaṇá* für *karmaṇa*, *goshatáu* für *gopatáu* (auch in 1, 1, 2 steht *goshad asi* für *ghoshad asi*). Der letzte (13) *Anuváka* des ersten *Prapáṭhaka* beginnt mit:

सूयमे मेद्यस्तऽ स्वावृतौ सुपावृता अप्माविष्णू विजिहाधां मा मां हिंऽसिएं लोकं मे लोककृतौ कृणुतं मा मो दौषिष्टमात्मा-न मे पातऽ

Dieser findet sich nicht in *Taitt.* und *Váj.*, wohl aber einzelne Ausdrücke in *Taitt* 1, 1, 12. Der 11te (letzte) *Prapáṭhaka* beginnt mit dem *Anuváka*: देव सवितः प्रसुव यज्ञं (vgl. *Taitt.* S. 1, 7, 7, 2. *V. S.* 9, 1, 4) und schliesst mit dem *Anuváka*: अग्निरेकाक्षरामजयदश्विनौ द्व्यक्षरा

Der zweite *(madhyama) Kâṇḍa* besteht aus 13 *Prapâṭhakas* und beginnt:

ऐन्द्राग्नमेकादशकपालं निर्वपेद्यस्य सजातावीर्यायुरेजो वै वीर्यं ॥

Dieser *Kâṇḍa* hat in meinem alten Manuscript eine ganz eigenthümliche Accent-
bezeichnung. Der *Udâtta* ist mit einem senkrechten Striche über dem Buchstaben bezeichnet, wie sonst der *Svarita*, der letztere dagegen durch eine wagrechte Linie, welche
den Buchstaben, der damit versehen ist, in der Mitte kreuzt. Ausserdem finden sich
öfter nach dem *Udâtta* da, wo der *Svarita* stehen sollte, drei kleine senkrechte Striche
über der Linie; so stehen sie z. B. in *nirvapet* über dem व anstatt des *Svarita*.
Ausserdem treffen wir unter dem Buchstaben an der Stelle des *Svarita*, der *jâtya*
ist, wie in वीर्यं ein Häckchen; dass *ya* in *virya, vâkya, yâ* in *vyârdhyata* sind
damit versehen. Der letzte *Anuvâka* (23) des *Madhyama Kâṇḍa* beginnt mit
der aus der Rigweda-Samhitâ bekannten Hymne (10, 121): हिरण्यगर्भः
समवर्त्तताये.

Der dritte *Kâṇḍa* umfasst 16 *Prapâṭhakas*. Er beginnt mit: जुहूमर्ये
संमार्षि जुहूर्वं यज्ञमुखं; der letzte (5) *Anuvâka* des 16ten *Prap.* beginnt:
अपामर्न्वे प्रथमस्यामृतानाᳵ यं पांचजन्यं बहवः समिन्धते (vgl. *Taitt.*
Saṁh. 4, 7, 15).

Der vierte *Kâṇḍa* ist ein Anhang, der Erklärungen zur eigentlichen *Saṁhita*
enthält, und umfasst 14 *Prapâṭhakas*. Er beginnt mit:

वनस्पतीन्वा उग्रो देव उदौषत्ᳵ (für °षत्ᳵ) शम्या अध्यशमयु॰-
स्तज्ञ शम्याः शमीत्वᳵ यज्ञ शंमी शाखया वृत्सानन्याकुरोति शांत्यै
पर्णवती कार्यां पशूनाᳵ या एतत् रूपं पशुमान् भवति यदपर्णी
स्याहुंडस्य तद्रूपᳵ वज्रो दुंडो वज्रेण पशूनभिप्रवर्त्तयेत् तृतीयस्याᳵ
वै दिवि सोम आसीᳵतं गांयची श्येनो भूत्वाहरत् तस्य पर्णमछि-
द्यत ततः पर्णो जायत तत्पर्णस्य पर्णत्वं तस्मात्सर्वं न्ये वनस्पतय
पर्णिनो येष पर्णे उच्यते यत् पर्णशाखया वृत्सानन्याकुरोति तमेव
सोममवरुंधे देवा वै ब्रह्म समवदंत तत्तत्पर्णे उपामृणोत्सुश्रुवा वै

34

नामेष न बधिरो भवति य एवꣳ वेद् ब्रह्म वै पर्णो यत् पर्णꣳशाख्या
प्रापैयति ब्रह्मणैवैनाः प्रापैयतीष लेतीषमूर्जꣳ यज्ञेच यज्ञपतौं चाधात्
etc.

Diese Stelle, in der die im Text erwähnte Bedeutung des Wortes *Brahma*
als 'Zweig' sich findet, ist ein *Brâhmaṇam* d. i. eine theologische Erklärung der
ersten Mantras des Jadschurweda, die eine Weihung des vom Palâscha - Baume zu
schneidenden Zweiges enthalten, mit dem das Kalb von seiner Mutter weggetrieben
wird. Die hier gegebene Erörterung setzt indess nicht den Text der *Mâitrâyaṇî-
Saṁhitâ*, wie er oben gegeben ist, sondern den der *Tâittirîya-Saṁhitâ* voraus.
Das Stück scheint desswegen ursprünglich keinen Theil der *Mâitrâyanî Saṁhitâ*
gebildet zu haben.

Der letzte *Anuvâka* (18) des letzten (14) *Prapâṭhaka* beginnt: श्रुचीवो
हव्या मरुतः

Mehr über den Inhalt dieses interessanten Werkes hoffe ich später zu ver-
öffentlichen.

5. Die drei ersten Lehrsätze *(Sûtrâs)* dieses Systems der Wedântaphilosophie,
die sich auf das *Brahma* beziehen, lauten, wie folgt:

अथातो ब्रह्मजिज्ञासेति ।१। जन्माद्यस्य यत इति ।२। शास्त्रयो-
निन्वादिति ।३।

Uebersetzung. (1) 'Nun folgt desswegen, (weil die Opfer und andere religiösen Gebote, von denen in der *Pûrva-mîmâṁsâ* die Rede ist, keinen bleibenden
Erfolg haben) das Verlangen nach der Erkenntniss des *Brahma*, (2) von welchem
das Entstehen, Bestehen und Vergehen von diesem (d. i. der sichtbaren Welt)
kommt; (3) weil die Wissenschaft ihren Ursprung in ihm hat.' Es ist in diesen
auf das Brahma bezüglichen Lehrsätzen theils die Beseitigung von Einwänden an-
gestrebt, die namentlich von den Buddhisten gegen die Annahme eines Schöpfers
seitens der Brahmanen gemacht wurden, theils der Grund, Zweck und Nutzen der
ganzen Wedântaphilosophie angegeben. Das Brahma ist hiernach nicht nur der
Urgrund alles irdischen Lebens, seiner Entstehung, Erhaltung und Auflösung und
Wiedererzeugung, sondern auch der Urquell alles geistigen Lebens, da alle Wissenschaft in ihm seinen Grund hat.

6. Die Stelle (*Nirukta* 1, 8): ब्रह्मा परिवृढः श्रुततो ब्रह्म परिवृढं सर्वतः
enthält offenbar eine Anspielung auf die Ableitung des Wortes *Brahma* von der

Wurzel *br̥ih* 'wachsen', und ist desswegen nur schwer übersetzbar. Ich habe *parivr̥iḍha*, da es mit einem Ablativ steht im Sinne eines Comparatives genommen, um einen passenden Sinn herauszubekommen; es kann nur heissen 'ringsum vermehrt, gekräftigt' und wird speziell im Sinne von 'Herr, mächtig' gebraucht. Nimmt man es als Positiv, so müsste man übersetzen: 'der Brahmâpriester gestärkt durch das was überliefert ist; das Brahma gestärkt durch das All', was keinen erträglichen Sinn. Fasst man es dagegen im Sinne eines Comparatives, so bezeichnet es den Brahmâpriester als mächtiger als die Ueberlieferung, weil er der Träger derselben ist, und das Brahma, als mächtiger als das All, weil dieses nur durch das erstere besteht.

7. Ueber die Ableitung des Wortes *Brâhmaṇa* von *Brahma* enthalten die Commentare zu Pânini 6, 4, 171 Bemerkungen. Das betreffende *Sûtra* lautet: ब्राह्मो ऽजातौ d. i. das Adjectiv *brâhma* wird von *brahman* gebildet, durch Wegfall der Sylbe *an*, und Antritt der Endung *a*, wenn es sich nicht auf die Kaste bezieht. Man sagt desswegen *brâhmam astram* 'die Brahma-Waffe', *brâhmo garbhaḥ* 'der Brahma-Keim', weil hier *brâhma* keine Kaste oder Abstammung bezeichnet, sondern nur etwas, was dem Gotte Brahmâ zugehört. Dagegen sagt man *brâhmaṇa*, ein Nachkomme, ein Sohn Brahmâ's, oder ein Mitglied der Brahmanenkaste, indem an das ursprüngliche *brahman*, das Taddhita-Suffix *a* ohne Ausfall des *an* angehängt und der Stammvokal *a*, die Wridddhi-Steigerung erhält. Für diejenigen, die sich noch eingehender hierüber unterrichten wollen, setze ich den Commentar Patandschali's aus seinem *Mahâbhâshya*, sowie den des *Kaiyyaṭa* zu Patandschali's Erklärung nach meinem Manuscripte her.

Patañjali. ब्राह्मो ऽजातौ॥ अथ किमिदं ब्राह्मस्याजातौ। अनो लोपार्थं वचनमाहो स्विन्नियमार्थम्। कथं चानो लोपार्थं स्यात्कथंच नियमार्थं। यदि तावदपत्य इति वर्तते ततो नियमार्थं। अथ निवृत्तं ततो लोपार्थं। अत उत्तरं पठति। ब्राह्मस्याजातौ लोपार्थं क्रियते अपत्य इति निवृत्तं। तचाप्राप्तविधाने प्राप्तप्रतिषेधः। तचाप्राप्तस्य टिलोपस्य विधाने प्राप्तस्य प्रतिषेधो वक्तव्यः। ब्राह्मण इति। न वा पर्युदाससामर्थ्यात्। न वा वक्तव्यः। किं कारणं। पर्युदाससामर्थ्यात्। पर्युदासो ऽच भविष्यति। अस्त्यन्यत्पर्युदासे प्रयोजनं या जातिश्च नापत्यं।

ब्राह्मी औषधिरिति। नवै अचेष्यते। अनिष्टंच प्राप्नोति इष्टंच न सिध्यते। एवं तर्ह्यनुवर्त्तते अपत्य इति॥ नाभापत्य इत्यनेन निपातन- मभिसंबध्यते। ब्राह्म इति निपात्यते ऽपत्ये जातावविति किं तर्हिं प्रतिषेधो ऽभिसंबध्यते ब्राह्म इति निपात्यते ऽपत्ये जातौ नेति॥

Kaiyyaṭa. ब्राह्मशब्दो ऽपत्ये ऽनपत्येचेष्यते ब्राह्मो नारदो ब्राह्मो मुहूर्तः ब्राह्मः स्थालीपाक इति जातौ त्वपत्ये ब्राह्मण इतीष्यते अनपत्ये तु जातौ ब्राह्मी औषधिरिति तिलोप इष्यते एतच्च यथाभिधानं न सिध्यति मन्वा पृच्छति॥ किमिदमिति॥ यदि तावदिति ब्रह्मणो ऽपत्यमित्यण अल्लोपो न *(Pán 6, 4, 134.)* इत्यकारलोपः प्राप्नो न संयोगाद्वमन्नादिति प्रतिषिद्धः नस्तद्धित इति *(Pán 6, 4, 144.)* टि- लोपे प्राप्ने ऽद्विति *(Pán 6, 4, 167)* प्रकृतिभावः प्राप्नो न मपूर्वो ऽपत्ये ऽवर्मण *(Pán 6, 4, 170)* इति प्रतिषिद्धः ततष्टिलोपे प्राप्ने नियमार्थमि- दमजातावेवापत्ये तिलोपो भवति ब्राह्मो नारद इति जातौ त्वपत्ये न भवति ब्राह्मण इति एवमपत्ये सिध्यति व्यवस्था अनपत्ये त्वद्विति प्रकृतिभावाद्ब्राह्मशब्दो न सिध्यति॥ अथ निवृत्तमिति अपत्यग्रहणे निवृत्ते विधिनियमसंभवे विधिरेव ज्यायानित्यनपत्ये ऽद्विति प्रकृतिभावे प्राप्ने ऽजातौ तिलोपार्थं निपातनं भवति। तच्च ब्राह्मो मुहूर्तः ब्राह्मः स्था- लीपाक इति सिध्यति ब्राह्मी औषधिरिति न सिध्यति। अजातावविति प्रतिषेधात् ब्राह्मणी औषधिरिति प्राप्नोति अपत्ये जातौ ब्राह्मण इति न ऽसिध्यति। न मपूर्वो ऽपत्ये ऽवर्मण इति प्रकृतिभावप्रतिषेधा- ट्टिलोपप्रसंगात्॥ नवेति वक्ष्यमाणो ऽभिप्रायः इतरस्त्वेनमभिप्रायम- बुद्ध्वाह॥ अस्त्यन्यदिति ब्राह्मी औषधिरित्यच कृतार्थः पर्युदासो ब्राह्मण इत्यच पूर्वसूचविहितप्रकृतिभावप्रतिषेधप्राप्ने तिलोपं न निवर्त्तयेत्॥ न वै अच इष्यत इति। अजातावविति पर्युदासः। नचानिष्टार्थे शास्त्रप्रक्लृ-

37

धिरिति। पर्युदाससामर्थ्याद्ब्राह्मण इत्यच टिलोपो न भविष्यतीत्यर्थः।
इतरस्तु लक्षणमुपालब्धुमाह॥ अनिष्टंच प्राप्नोतीति। ब्राह्मणी औष-
धिरिति प्राप्नोत्यजातविति पर्युदासात् इष्टंच न सिध्यति। ब्राह्मण
इति॥ एवं तर्हीति योगविभागः क्रियत इति भावः। तच ब्राह्म इत्यच
सामर्थ्यादपत्य इति न संबध्यते। अपत्ये टिलोपस्य सिद्धत्वात्। तेना-
नपत्ये सर्वच जातावजातौच ब्राह्म इति निपात्यते। अपत्ये ऽपि ब्राह्मो
नारद इत्यच परत्वाब्राह्म इत्यनेनैव टिलोपो भवति। ततो ऽजातविति
तचापत्य इत्यनुवर्तते। तेनायमर्थ्य भवति। अपत्ये जातौ ब्राह्मण इति
टिलोपो न भवति। अजातविति प्रसज्य प्रतिषेधो भवति। नानञः
संबंधादिति सर्वेष्टसिद्धिः॥

Zum nähern Verständniss beider Commentare, von welchen der erstere den
Pânini selbst, der zweite diesen ersten Commentar, den des Patandschali erklärt,
sind einige Bemerkungen nothwendig. Beide nehmen hauptsächlich Bezug auf zwei
vorangehende Sûtras, nämlich 6, 4, 167 und 170. Das erstere lautet bloss: *an*
d. h. wenn an ein Wort, das sich auf *an* endigt, das Taddhita-Suffix *a* tritt, so bleibt
an unverändert, z. B. *sáutvanaḥ* 'der Sohn eines Somaopferers', von *sutvan*, *râ-
janaḥ* 'der Sohn eines Königs' von *râjan*. Das zweite geht unmittelbar dem erklärten *brâhmo 'jâtâu* vorher, und lautet: *na mapûrvo 'patye 'varmaṇaḥ* d. h.
wenn in einem Wort der Schlusssylbe *an*, ein *m* vorhergeht und 'Abstammung'
ausgedrückt wird, so fällt bei einem nachfolgenden Suffix *a* (technisch *aṇ* genannt)
die Sylbe *an* aus, ausser bei dem Worte *varman*. So sagt man für *Susâmno
'patyuḥ* 'der Sohn des *Susáman*,' *Sâusâmaḥ*, mit Ausfall des *an*; dagegen sagt
man: *chârmuṇo rathaḥ* 'der mit Leder überzogene Wagen' mit Beibehaltung des
an von *charman* 'Haut, Leder', weil hier keine Abstammung ausgedrückt wird.
Eine Ausnahme macht nur das Wort *varman*, wenn es Theil eines Namens bildet,
in welchem Falle das *an* bei der Bildung des Patronymikums beibehalten wird,
z. B. *Châkravarmaṇaḥ* (Name eines alten Grammatikers), Sohn des *Chakravarman*.
Zu dieser Klasse von Bildungen gehört unzweifelhaft auch das Wort *brâhma* als
von *brahman* abgeleitet. Da seine Anwendung auf einen gewissen in dem vorhergehenden Sûtra *na mapûrvo* u. s. w. nicht vorhergesehenen Fall beschränkt ist,
so wird ihm ein besonderes Sûtra gewidmet: *brâhmo 'jâtâu*. Hier wird aber keine

5 *

38

Regel über seine Bildung gegeben, wie es in den vorangehenden Sûtras mit Bildungen derselben Art der Fall ist, sondern das Wort *brâhma* als ein fertiges hingestellt (welches Verfahren die Commentatoren des Pânini *nipâtanam* nennen). Sein Gebrauch ist nach unserem Sûtra nur unter einer gewissen Beschränkung zulässig, nämlich, wenn keine Kaste bezeichnet werden soll. Es wird sonach von dem Worte *brâhmana* 'der Brahmane' unterschieden, da dieses Wort nicht nur sich auf Kaste bezieht, sondern auch der in *na mapûrvô* gelehrte Ausfall der Sylbe *an* nicht Statt hat.

Was nun Patandschali's eingehenden Commentar zu dieser Stelle, den ich mitgetheilt habe, betrifft, so sieht jeder leicht, dass es sich hier um die Beseitigung von Einwänden handelt. Die Einwendungen gegen die Richtigkeit von Pâninis Regeln wurden von Kâtjâjana gemacht; Patandschali wiederlegt sie. Dem Kâtjâjana scheint das Sûtra nicht bestimmt und klar genug vorgekommen zu sein, namentlich was sein Verhältniss zu den vorhergehenden eben besprochenen Regeln betrifft. Es ist nach seiner Ansicht nicht klar von Pânini angedeutet, ob in unserer Regel über die Bildung des Wortes *brâhma* aus *brahman*, der in 6, 4, 170 gelehrte Ausfall der Sylbe *an* (der *ţilopa*, *ţi* ist die Schlussylbe eines Wortes, die mit dem letzten Vokale desselben beginnt; — s. *Pân* 1, 1, 64 —, in dem Worte *brahman*, also *an*) zu ergänzen, oder ob dieselbe nur als Einschränkung auf einen besondern Fall zu denken sei. Patandschali antwortet, dass beides der Fall sei; wenn man aus dem vorhergehenden Sûtra (6. 4, 170) das Wort *apatya* 'Abstammung' ergänze, so sei die Regel über *brâhma* nur wegen der Einschränkung auf einen bestimmten Fall gegeben. Dieser lautet dahin, dass *brâhma* (statt *brâhmana*) nur dann mit Rücksicht auf Abstammung gebraucht werde, wenn keine Beziehung auf die Kaste Statt finde; *brâhma* hiesse demnach 'Sohn, oder Nachkomme des Brahmâ, aber nicht 'Mitglied der Brahmanenkaste' und unterscheidet sich so von *brâhmana*, was ebenfalls Sohn oder Nachkomme des Brahmâ bedeutet, aber mit Rücksicht auf die Kaste. Wird indess, fährt Patandschali fort, das Wort *apatya* des vorhergehenden Sûtra ausgeschlossen, d. h. wird es nach den Regeln des Sûtrastyls in unserem Sûtra als nicht mehr fortwirkend angesehen, so kann die darin gegebene Regel, die Ausnahmestellung des Wortes *brâhma* betreffend, sich nur auf den Wegfall des *an* von *brahman* vor Antritt des Suffixes *a* beziehen; *brâhma* wäre demnach gleich *brâhm†a*, die Sylbe *an* aber wäre spurlos verschwunden. Gegen diese Argumentation Patandschali's erklärt sein Gegner, dass, wenn die Regel nur wegen des Ausfalles der Sylbe *an* gegeben und *apatya* aus dem vorhergehenden Sûtra nicht zu ergänzen sei, hier etwas ausgeschlossen sei, was thatsächlich

Statt hat, während eine Regel gegeben sei, die sich auf etwas beziehe, was that-sächlich nicht Statt finde. Z. B. *bráhma* heisst 'Sohn des Brahmâ', bezieht sich also deutlich auf ein Abstammungsverhältniss; wird nun das Wort *apatya* 'Abstammung' in unserem Sûtra nicht ergänzt, so ist die Thatsache, dass das Wort *bráhma* ein Abstammungsverhältniss ausdrückt, ausgeschlossen. Die Regel bezieht sich dann allein auf den Ausfall des *an;* wenn dies aber der Fall ist, so wäre ja eine Regel gegeben, die sich auf etwas bezieht, was thatsächlich nicht Statt hat; denn man sagt *bráhmana* mit Beibehaltung des *an;* der Unterschied zwischen *bráhma* und *bráhmana* wäre demnach nicht genügend festgestellt Patandschali sagt nun weiter, die gegebene Regel habe nur den Sinn einer Ausnahme *(paryudása);* diese beziehe sich auf das Wort *játi* 'Kaste' und nicht auf *apatya.* Das fertige Wort *bráhma* könne nicht mit *apatya* in Verbindung gebracht werden, sondern sei mit der in *ajátáu* liegenden Negation zu verbinden, d. h. das Sûtra drückt aus, dass die Bildung *bráhma* nicht Statt habe, wenn das Wort sich auf Kaste beziehe.

Diese Bemerkungen mögen für das nähere Verständniss von Patandschali's Commentar genügen. Eine nähere Erörterung seines Commentators **Kajjata** würde zu weit führen und wäre zu unerquicklich. Ich erwähne nur den Anfang, da er den wirklichen Gebrauch des Wortes *bráhma* in ein klares Licht setzt. 'Das Wort *bráhma*', sagt er, 'wird von der Grammatik gefordert, sowohl wenn es sich auf Abstammung als wenn es sich nicht darauf bezieht. Man sagt: *Bráhmo Náradah* 'Nârada, Sohn des Brahma', *bráhma muhúrtah* 'die Stunde des Brahma' (in ersterem Fall bezieht es sich auf Abstammung, in letzterem nicht). Soll aber die Kaste und Abstammung ausgedrückt werden, so sagt man *bráhmana;* soll aber nur Geschlecht ohne Abstammung ausgedrückt werden, so wird der Ausfall des *an* von *brahman* verlangt, also tritt wieder *bráhma* ein; z. B. *bráhmî áushadhih* das Brahma-Kraut, wodurch eine besondere Klasse von Pflanzen bezeichnet wird.

8. Dass *bráhmana* in 1, 15, 5. 2, 36, 5. wirklich sich auf ein Trinkgefäss beziehe, wie Sâjana in seinem Commentar zur ersten Stelle annimmt, folgt deutlich aus dem Zusammenhange der Lieder, in denen es steht, da diese nur poetische Ausführungen der sogenannten *rituyájas* sind, d. h. der zwölf Opferformeln, mit welchen Indra nebst den 12 Ritus, den Jahreszeiten und Monaten, zum Opfer eingeladen wird. Das Trinkgefäss, worauf das Wort *bráhmana* anspielt, ist indess nicht das des Brahmâpriesters, sondern das des *Bráhmanáchchhamsi*, eines Assistenten des Hotar, wie aus dem *Sapta-hâutra-prayoga* (Fol. 35ᵇ meines Manuscripts

Nr. 115) und dem *Brâhmaṇâchchhaṁsi-prayoga* (Fol. 2ª von Nr. 116) hervor-
geht. (Siehe mehr über die *ṛituyâjas*, meine Uebersetzung des *Aitareya Brâhmaṇa* II. pag. 135, 36, Note 12).

9. Ich habe noch während meines Aufenthalts in Indien, im Jahr 1863, in
der *Times of India* gelegentlich einer Anzeige des vierten Bandes von Max Müller's
Ausgabe der *Rigveda-Saṁhitâ*, welche unter dem Titel *Contriubtion towards a
right understanding of the Rigveda* besonders abgedruckt wurde, eine Uebersetzung
dieses ganzen Liedes veröffentlicht. Da dieser Artikel in Deutschland fast ganz
unbekannt ist (er ist nur in wenigen Exemplaren separat abgezogen worden), so
will ich bei dieser Gelegenheit die Uebersetzung des ganzen Liedes, von der in
dem Texte dieser Abhandlung nur die drei Verse gegeben sind, in denen das Wort
Brâhmaṇa sich findet, nach den in Indien selbst gebildeten Anschauungen mit
einigen Aenderungen hieher setzen.

1) Die Frösche, die das Jahr hindurch ruhig dalagen, liessen ihre durch den
Regen geweckte Stimme (wieder) erschallen, (wie) Brahmanen, die ihrem Gelübde
(des Schweigens) während der Vorbereitung zum Opfer treu geblieben sind.

2) Wenn die himmlischen Wasser in diesen (Teich) niederströmen, wie in
einen trockenen, im See liegenden Lederschlauch, so quacken die Frösche zusammen,
wie Kühe von ihren Kälbern gefolgt zusammen blöcken.

3) Wenn beim Herannahen der Regenzeit der Regengott die durstigen (nach
einem Regenguss) verlangenden (Frösche) begiesst, so begrüsst der eine den andern
mit dem Rufe quack! wie ein Vater den Sohn (begrüsst.)

4) Ein Frosch umarmt den andern, wenn der Regen auf sie beide herab-
strömt, so freuen sie sich. Der Frosch hüpft, wenn er vom Regen benetzt ist,
hin und her; der gefleckte vermischt seine Stimme mit der des grünen.

5) Wenn der eine von ihnen (auch) den Ruf des andern erwidert, wie ein
Schüler das Wort des Lehrers nachspricht, wenn ihr mit euren hellen Stimmen
laut schreiet in den Gewässern, so (zeigt die Bewegung) eines jeden eurer Glieder
gleichsam von Glück.

6) Einer von ihnen blöckt wie eine Kuh, der andere meckert wie eine Ziege;
einer ist gefleckt, ein anderer grün. Sie tragen den gleichen Namen, wenn auch
verschieden gestaltet; sie moduliren die Stimme vielfach, wenn sie quacken.

7) Wie die rings umher erklingende Stimme der Brahmanen beim nächtlichen
Somafeste anzeigt, dass die Kufe mit Soma gefüllt ist wie ein Teich, so sind wir
an dem Tage, wo ihr herumhüpfet, o Frösche! mit Regen gesegnet.

8) Sie (die Frösche) liessen ihre Stimme erschallen, (wie) Brahmanen beim Somaopfer, wenn sie das Wachsthum machen für das ganze Jahr. Sie (die Frösche) erscheinen (überall); keiner bleibt verborgen (wie) die (durch Anstrengung) erhitzten und von Schweiss triefenden Somamundschenken (des nächtlichen Somafestes).

9) Sie beobachteten während des aus zwölf Monaten bestehenden Jahres die regelrechte Folge der Jahreszeiten als eine göttliche Anordnung wie Menschen, ohne sie zu übertreten. So jedes Jahr, wenn die Regenzeit herangenaht (verlassen sie ihre Löcher gerade wie) die erhitzten Gharmagefässe geleert werden (zur rechten Zeit von den Opferköchen bei der *Pravargya*-Ceremonie).

10) Der wie eine Kuh blöckende Frosch verlieh uns Reichthümer, der wie eine Ziege meckernde, der gefleckte, der grüne, (sie alle) verliehen uns Reichthümer. Die Frösche, die Hunderte von Kühen verleihen, verlängern (unser) Leben zur Zeit, wenn Tausende (von Kräutern) erzeugt werden (d. h. zur Regenzeit).

Einige Stellen dieses Liedes bedürfen näherer Erörterung, obschon ich durch Einschiebsel für das Verständniss desselben einigermassen gesorgt habe. Die Brahmanen werden hier in mehr als einer Beziehung mit den Fröschen verglichen. 1) Sie verhalten sich lange still, wenn sie sich durch die Ceremonie der *dikshá*, d. i. Opferweihe, zu einem Opfer vorbereiten. Ist aber diese Zeit vorbei, so dürfen sie ihre Stimme wieder laut reden. Gerade so verhält es sich mit den Fröschen, welche während der heissen Zeit wie ausgetrocknet und todt daliegen, mit dem Eintritt des Regens aber sofort laut zu quacken anfangen. 2) Bei dem grossen nächtlichen Somafeste, das *Atirátra* heisst, wird die Somakufe immer von neuem mit Soma gefüllt, und von den sogenannten *Chamasa-adhvaryu*, d. i. Mundschenken, mit dem *Chamasa* (einem kleinen viereckigen Gefäss mit einem Stil, wovon ich eines besitze), daraus geschöpft und der Reihe nach herumgereicht. Das Geschäft ist sehr anstrengend, da dieses Opfer während der heissen Zeit Statt findet; dass die Mundschenken in beständigem Schweiss sind, begreift jeder leicht, der einmal die heisse Zeit in Indien verbracht und sich während derselben auch nur geringen körperlichen Anstrengungen unterzogen hat. So oft die Somakufe gefüllt ist, und eine neue Runde *(paryaya)* des Somabechers beginnt, erschallen die Recitationen und Gesänge der Opferpriester aufs neue; bevor jene gefüllt ist, schweigen diese. Wer während der Stille der Nacht die heiligen Gesänge erschallen hört, der erkennt sofort, dass die Somakufe wieder gefüllt ist, denn nur während der Becherrunden des *Atirátra* Festes dürfen heilige Verse bei Nacht gesungen und recitirt werden, sonst nicht (s. mehr hierüber mein *Aitareya Bráhmaṇa II.* pag. 263—67). Gerade wie nun das Singen der Brah-

42

manen bei Nacht anzeigt, dass die Somakufe wieder gefüllt ist, so zeigen auch die
Frösche, die bis dahin stumm geblieben sind, durch ihr Quacken an, dass Regen
gefallen ist. 3) Die Frösche verlassen ihre Löcher, die durch die Hitze entstan-
denen kleinen Erdspalten, wenn der Regen fällt. Diese gleichen dem *gharma*-
Gefässe, das bei der sogenannten *Pravargya*-Ceremonie mit Milch gefüllt, heiss
gemacht und dann geleert wird.

10. Auf die durch die Kaste bedingten Unterschiede beim Opfer ist schon
in dem *Aitareya Bráhmaṇa* deutlich angespielt (7, 29., S. 484 u. 85 meiner
Uebersetzung). Hienach dürfen nur die Brahmanen beim Opfer den Soma trinken;
die Kschatrijas müssen sich mit einem Abguss über die Wurzeln des *Nyagrodha*-
Baumes und einiger andern Ingredienzen begnügen; die Waischjas müssen dicke
Milch statt des Soma geniessen, und die Schûdras mit Wasser zufrieden sein.
Die letztern sind in der Regel vom Opfer ausgeschlossen; doch scheint manchmal aus Gewinnsucht zu Gunsten reicher Schûdras eine Ausnahme gemacht
worden zu sein. — In der *Máitráyaṇî-Saṁhitá* finden sich besondere Vorschriften
über die Anlegung der Opferfeuer für Brahmanen, Kschatrijas und Waischjas.
Unter den Brahmanen selbst ist wieder ein Unterschied gemacht; der *bráhmaṇa
ángirasa*, also der Angiraside, ist von dem *bráhmaṇa váis'vánara* unterschieden,
worunter wir wohl die übrigen Brahmanen im Gegensatz zu den Angirasiden zu
verstehen haben (1, 6, 5). Das heilige Opferfeuer muss für die Brahmanen am
Vollmondstage des Monats *Phálguna* (Februar — März) in der *vasanta*, d. i. Früh-
ling genannten Jahreszeit, gegründet werden; denn dieser Monat gilt für das Haupt
der Monate, gerade wie *Agni* der erste der Götter und der Brahmane der erste der
Menschen sei! Für den *rájanya (kshatriya)* muss die Anlegung des heiligen Feuers
im *grîshma* (der Tag und Monat ist nicht bestimmt), d. i. in der heissen Zeit, also
den Monaten *Cháitra, Váis'ákha* und *Jyeshṭha* d. i. von März bis Juni geschehen;
denn Indra schlug in dieser Zeit den *Vṛitra*. Für den *váis'ya* wird es im *s'arad*
d. i. Herbst, also in den Monaten *Bhadrapada, As'vina* und *Kártika* (September
bis November) angelegt (I, 6, 9).

11. Solche Formeln bildeten wirklich den Gegenstand von Hymnen, oder
wurden vielmehr zu Hymnen ausgesponnen. Siehe meine Einleitung zum *Aitareya
Bráhmaṇa* pag. 38. Eines der deutlichsten Beispiele dieser Art bietet Rv. 1, 15.,
eine an die *Ritus* gerichtete Hymne, wenn man sie mit den zwölf sogenannten
Rituyájas vergleicht; s. *Ait. Bráhm.* Uebersetzung p. 135. 136; vgl. auch die Hymne
predam brahma (Rv. 8, 37) und dazu pag. 189 meiner Uebersetzung des *Ait. Bráhm.*

12. Diese Stelle findet sich im Hom-Jescht (Jasna 9, 24 Westerg.) und lautet: *Haomô temchiḍ yim Keresânim apakhshathrem nishâdhayaḍ yô raosta khshathrô-kâmya yô davata nôiḍ mê apām âthrava aiwis'tis' veredhyê dan'hava charáḍ hô vîspê varedhanām vanâḍ ni vîspê varedhanām janâḍ.* Sie ist folgendermassen zu übersetzen: 'Homa beraubte jenen Keresâni der Herrschaft, dessen Herrschsucht (so sehr) gewachsen war, dass er sagte: Kein Athrawa (Feuerpriester) soll in meinem Lande (ferner mit seinen Zaubersprüchen, die anfangen mit) *apām aiwis'tis'* weilen, damit es gedeihe; er würde alles Gedeihen zerstören, (und) alles Gedeihen niederschlagen.' Diese Uebersetzung weicht von der traditionellen Version bedeutend ab. Ehe ich sie rechtfertige, will ich die letztere im Pehlewitext nebst Uebersetzung mittheilen.

Hom valmanshán mún karsáik húmand aêshán barâ min khotáê nishânit mún rustu húmand pavan khotáê kámakê âigh pavan khotáê lâlâ jatûnt yekavimúnant mún davayand âigh lâ lanman rái akhar asrúku pavan apar hushmareshnê pavan kámak yen malâ satûnad; lanman âitúnu vakhdúnîm min kartan i lanman bêt âmat (yehavúnêd) mún lâ satûnad; zaki harvispgún gurtê vânit barâ mahítúnit lúinu akhar.

Uebersetzung. Hom beraubt die, welche auf Thronen sitzen, ihrer Gewalt (wörtlich: er macht, dass sie ohne Herrschaft dasitzen), die, welche an Herrschsucht gewachsen sind, das ist, sie haben an Macht zugenommen, welche sprechen: Kein Priester soll unsertwegen ferner wandern in dem Lande um die (heiligen Sprüche) ferner herzusagen; wir handeln so, dass unser Verfahren die Wirkung haben wird, dass er (der Priester) nicht mehr kommen wird; dieses allein wird alle Arten von Tapferkeit vernichten, jede Art von Tapferkeit nachher zerstören.

Diese Version ist, wie jeder leicht bei einer nähern Untersuchung finden wird, nicht haltbar.

Keresâni ist als Inhaber eines Thrones gefasst, während es ein Eigenname und unzweifelhaft mit dem wedischen *Kris'ánu*, dem Wächter des Soma, identisch ist (über ihn s. meine Uebersetzung des *Ait. Brâhm.* pag. 203); er gilt als Bogenschütze (Rigv. 9, 77, 2. 10, 64, 8. 4, 27, 3.) und heisst sogar *rudra*. In zwei Stellen ist Agni, der Feuergott, darunter zu verstehen, *Vâjasaneyî Saṁhitâ* 5, 32. *S'ânkhyâyana S'râuta-sûtras* 6, 12. Die letztere lautet:

धिष्ण्यानुपस्थाय सद: प्रसर्पन्त्ययेण हविर्धाने तिष्ठन्तस्तं तमीक्ष-

माणाः सम्राळसि कृशानो रौद्रेणानीकेन पाहि मा ज्मे पिपृहि मा नमस्ते अस्तु मा मा हिंसीरित्याहवनीयं

Uebersetzung. Die Hotars, nachdem sie mit vorwärts geneigtem Körper vor ihren Feuerplätzen *(dhishṇya)* sich aufgestellt haben *(upasthâya)*, bewegen sich nach dem Sitzplatze der Priester (rechts von der *uttarâ vedi*, s. mein *Ait. Brâhm.* 2, 36. pag. 146 der Uebersetzung); sie machen Halt vor den zwei Hawirdhânas (den beiden zur Aufnahme der Opferspeisen, des Fleisches, Somakufe u. s. w. dienenden Karren, s. *Ait. Brâhm.* Uebers. pag. 64), heften ihren Blick auf verschiedene Gegenstände (wie die *âhavanîya* und *gârhapatya* Feuer, und den vom *Udgâtar* gebrauchten Zweig des *Udumbara*-Baumes) und sagen, während sie auf das *âhavanîya*-Feuer allein sehen, die folgenden Mantras her: du bist der Gesammtherrscher, o Krischânu; beschütze mich mit Rudra's Schaar; stehe mir bei o Agni; schiesse deinen Pfeil nicht auf mich; tödte mich nicht! (In der Uebersetzung dieser Probe des kurzen Sûtrastyls der Lehrbücher der Opferwissenschaft musste ich zur Verdeutlichung des Sinnes eine Reihe Worte einschalten, die nicht im Texte stehen; das Eingeschlossene sind kurze sachliche Erläuterungen). Auch in der classischen Sprache findet sich das Wort *kris'ânu* in der Bedeutung 'Feuer', so *Raghuvaṁs'a* 2, 49, was deutlich zeigt, dass diese Bedeutung durch den Sprachgebrauch begründet ist. Nimmt man *kris'ânu* als eine Person, so scheint es eine Personification des Blitzes, oder einer besondern Art desselben zu sein.

Ein sicherer Beweis von der Identität des *Kris'ânu* der Wedas und des *Keresâni* im Hom-Jescht liegt in dem Umstand, dass beide in Verbindung mit Soma oder Homa stehen, und dass beide feindliche Wesen sind. Der indische *Kris'ânu* hütet den Soma und schiesst auf die, die ihn rauben wollen; der irânische *Keresâni* schafft die Religion der Athrawas, d. i. der Feuerpriester, ab. Der ursprüngliche Sinn der Mythe wurde früh verdunkelt. In der irânischen Legende lebte er nur als Tyrann und Unterdrücker der Religion fort, der von Homa entthront wurde.

Der weitaus interessanteste Theil des Verses sind die Worte *apām aiwis'tis'*. Die Pehlewiversion hat dieselben sicherlich ganz falsch interpretirt; *apām* wird hier und Jasn. 10, 1 durch *akhar* 'nachher, ferner, in Zukunft' erklärt, eine Bedeutung, die das Wort gar nicht haben kann; denn *ām* wird nie als eine Endung zur Bildung von Adverbia im Zend gebraucht; *apām* kann nur der Genit. plur. von *âfs* 'Wasser' sein. Dass diess wirklich der Fall ist, zeigt eine richtige Interpretation beider Stellen. In unserer Stelle ist es mit *aiwis'tis'* zu verbinden. Was *apām aiwis'tis'* zu bedeuten hat, welcher Ausdruck hier in Verbindung mit *âthrava* (Skr. *atharvan*) vorkommt, können wir nur aus dem Anfangsverse des Atharwaweda ersehen, dessen *Saṁhitâ* in den beiden Handschriften meiner Sammlung mit einem Mantra beginnt, das wirklich beide Ausdrücke enthält, nämlich: शं नो देवीरभिष्टय आपो भवन्तु पीतये anfängt. Die gedruckte Berliner Ausgabe des Atharwaweda lässt dieses Mantra am Anfang aus; dagegen ist es in 1, 6, 1 gegeben, wo meine beiden Manuscripte es ebenfalls haben. Dass aber der Atharwaweda schon vor ungefähr 2000 Jahren mit diesem Mantra anfieng, ersehen wir aus der Einleitung zu *Patañjali's Mahâbhâshya* (pag. 6 Ed. Ballantyne) wo die Anfangsworte der vier Wedas in folgender Ordnung gegeben sind: *s'anno devir abhishṭaye; ishe tvorje tvâ* (Yajurv.); *agnim îḍe purohitam* (Rigv.); *agna âyâhi vîtaye* (Sâmav.). Auçh im sogenannten *Brahmayajna*, in dem die Anfangsworte aller wedischen Bücher enthalten sind, und das heute noch täglich von jedem orthodoxen Brahmanen recitirt wird, fängt der Atharwaweda mit diesem Mantra an.

Die Bedeutung von *abhishṭi* anlangend, so hat Goldstücker (*Sanscrit Dictionary* pag. 289) demselben mit Recht als ursprüngliche Bedeutung die von 'Annäherung' gegeben; da diese häufig eine freundliche ist, so kommt ihm oft die Bedeutung von 'Hilfe, Beistand' in den wedischen Liedern zu. Es kann aber auch in feindlichem Sinne als 'Angriff' gebraucht werden; so ganz deutlich das lautlich entsprechende zendische *aiwis'tis'* in Jescht 13, 67: *tâo yûidhyêinti peshanâhu havê asahi shoithraêcha yatha asô maêthanemcha aiwis'têê didhâra*. 'Sie (die Frawaschis) kämpfen in Schlachten im eigenen Lande und der eigenen Stadt, wenn er (der Feind) sich unterstanden hat das Land und die Residenz anzugreifen.' Die Bedeutung des Wortes in unserer Stelle, die gleichbedeutend mit der von *abhishṭi* im Anfang des Atharwaweda sein muss, lässt sich mit ziemlicher Sicherheit aus der Anwendung gerade des ersten Mantra's jenes Weda von seinen Anhängern ermitteln. Wie mir von einem derselben mitgetheilt wurde, muss jeder Atharwawedi dieses Mantra mit der ersten Hymne (*ye trishapta*) jeden Morgen, gleich nachdem er aufgestanden, während der Reinigung des Mundes mit Wasser hersagen. Die Bedeutung der zwei ersten *Pâdas* jenes Mantra *s'aṁ no devîr* etc. ist: 'Mögen die göttlichen Wasser uns gewogen sein, dass sie herankommen zum Trinken.' Dass *abhishṭi* wirklich hier die Bedeutung des 'Herankommens, Sichnäherns' hat, zeigt der dritte *Pâda* des Mantra deutlich: *s'aṁ yor abhi-sravantu naḥ* 'mögen sie uns gewogen uns zuströmen!' Die Wasser sind zuerst durch ein Mantra

6*

zu begütigen, ehe sie in den Mund genommen werden dürfen; denn sonst würden sie Schaden zufügen. Der Ausdruck *aiwis'tis' apãm* heist demnach 'die Annäherung, Ankunft der Wasser', ist aber in unserer Stelle nur als Citat zu fassen. Etwas schwierig ist die syntaktische Stellung der Worte zu erklären; das Subjekt ist unzweifelhaft *áthrava*, das Verbum *charáḍ*; *apãm aiwis'tis'* ist dann als Apposition zu fassen: 'nicht mehr soll der Athrawa, das *apãm aiwis'tis'*, d. i. mit seinem *apãm aiwis'tis'* (es hersagend) in meinem Lande wandern.'

So auffallend der Umstand allen Freunden und Forschern des wedischen und irânischen Alterthums erscheinen mag, dass die Anfangsworte des Atharwaweda sich im Hom-Jescht wirklich finden, so kann, wenn man die Beweise klar und unbefangen ansieht, nicht der geringste Zweifel darüber herrschen, dass die Sache sich wirklich so verhält. Denn **erstens** kommen die Worte *apãm aiwis'tis'* in Verbindung mit *áthrava* vor, was, wie längst bekannt, das wedische *atharvan* ist, worunter wir einen Feuer- und Somapriester zu verstehen haben; **zweitens** finden sich diese Worte im Anfang desjenigen Weda, der, weil er die heiligen Ueberlieferungen der **Atharwans**, also gerade jener Feuerpriester, enthält, Atharwa-weda heisst. Diese merkwürdige Uebereinstimmung kann unmöglich zufällig sein, sondern ist ein schlagender Beweis von der ungemein engen Berührung zwischen Weda und Zendawesta, die ich immer behauptet habe, und für deren Begründung ich immer neue Argumente finde.

13. Die Anstellung eines *purohita* bei den indischen Königen muss uralt sein. Das Wort findet sich, wie ich in der Einleitung zu dem *Aitareya Brâhmaṇam* (pag. 66, 67) gezeigt habe, im Zendawesta in der Form *paradhâta*, woraus die irânische Sage die Dynastie der **Peschdadier** gemacht hat.

14. Dies ist die Sage von *S'unahs'epa*, die ausführlich in dem *Aitareya Brâhmaṇa* mitgetheilt ist; s. meine Uebersetzung S. 450—71.

15. Es dürfte einem europäischen Leser auffallend erscheinen, dass derartige bestimmte Erinnerungen an die Abstammung von einem Rischi der fernen Vorzeit sich noch lebendig unter den Brahmanen erhalten haben, namentlich wenn man bedenkt, dass keine in so entlegene Epochen hinaufreichenden schriftlich aufgezeichneten genealogischen Listen existiren, da alle Aufzeichnungen dieser Art sicherlich spätern Ursprungs sind. Die Erhaltung ist aber nichts desto weniger eine Thatsache. Sie wird nur dadurch begreiflich, dass die Brahmanen gehalten sind, bei jeder Gelegenheit, wie bei der täglichen Andacht, dem Vollzug von Opfern und andern Ceremonien, den Rischi oder Patriarchen zu nennen, von dem sie abstammen; auf diese Weise vererbte sich die Tradition der Abstammung vom Vater auf den Sohn. Jeder Brahmane weiss desswegen auch heutigen Tages noch die Rischifamilie, der er entstammt; aber sie geben nur ungern darüber Auskunft, da sie ihre Abstammung geheim zu halten haben. S. mehr hierüber Max Müller, *A history of ancient Sanscrit literature* pag. 379 fgg.; meine Uebersetzung des *Aitareya-Brâhmana* pag. 479 — 80 (Note).

16. Eine eingehende systematische Darstellung des indischen Opfers oder vielmehr der verschiedenen indischen Opfer nach der noch massenhaft vorhandenen liturgischen Literatur, die unter dem Namen der Brâhmanas und Sûtras bekannt ist, ist noch ein grosses Desideratum. Die meisten Aufschlüsse darüber dürfte der Leser in meiner Uebersetzung des *Aitareya Brâhmana* und namentlich den meist auf mündliche Belehrung seitens der Opferpriester gegründeten erklärenden Anmerkungen, sowie in der Einleitung zu dem Werke, finden. S. auch Anmerkung 1.

17. Wie unglaublich diess auch europäischen Lesern erscheinen mag, so ist es nichts desto weniger Thatsache, von der ich selbst Gelegenheit hatte mich zu überzeugen. Bei einer Versammlung von Brahmanen, wie sie seit einer Reihe von Jahren behufs der Empfangnahme von Stipendien *(dakshiṇ́i)* jährlich im Dezember in Puna gehalten wird, bis die berechtigten Empfänger vollends ausgestorben sind, und über die ich im Jahre 1861 präsidirte, fanden sich etwa 600 Mitglieder der Brahmanenkaste, meist aus dem Dekkhan ein, die den Ehrentitel *Bhaṭṭa* führten und als professionelle Hersager der wedischen Texte berühmt waren. Es waren meistens Kenner des Rigweda, des schwarzen und auch des weissen Jadschurweda; darunter fanden sich auch ein paar Atharwawedis, dagegen nicht ein einziger Sâmawedi, welche ich dagegen in grosser Zahl auf meiner Reise in Guzerat, namentlich iu Ahmedabad, traf. Die besten Rigwedis waren *das'agranthis* d. h. Kenner der zehn *granthas*, die mir auf mein wiederholtes Befragen folgendermassen spezifizirt wurden: *Saṁhitâ-pâṭha, Pada-pâṭha, Krama-pâṭha, Brâhmaṇa* und die sechs *Vedângas*. Sie wussten demnach den Text der wedischen Lieder in dreifacher Form, sowie das *Aitareya Brâhmaṇa*, das *Nirukta, Pâṇini* u. s. w. auswendig. Dass dieses Auswendigwissen nicht etwa blosse Prätension war, davon hatte ich mehr als einmal Gelegenheit mich zu überzeugen. Jeder mit den Anfangsworten angeführte Vers des Rigweda oder Stück eines Brâhmana, oder eines andern wedischen Buches wurde sofort auf Verlangen vollständig mit Beobachtung des Accents ohne einen Fehler aus dem Kopfe hergesagt. Auf mein Befragen, wie viel Zeit gewöhnlich auf das Auswendiglernen eines so massenhaften Stoffes verwandt werde, erhielt ich zur Antwort: zwölf bis fünfzehn Jahre, was auch sehr glaublich klingt. Brahmanen versicherten mich oft, die Kenntniss der wedischen Texte stehe so fest in den Köpfen der *Bhattas,* dass, wenn man alle vorhandenen Exemplare der Wedas sammeln und verbrennen würde, innerhalb eines Jahres alle genau in derselben Form, demselben Wortlaut und mit denselben Accenten wiederhergestellt werden könnten.